Le lord et la demoiselle

J'AI LU

Barbara Cartland est une romancière anglaise dont la réputation n'est plus à faire.

Plus de trois cents romans variés et passionnants mêlent aventures et amour.

Les Éditions J'ai lu *en ont déjà publié plus d'une centaine que vous retrouverez dans le catalogue gratuit disponible chez tous les libraires.*

Barbara Cartland

Le lord et la demoiselle

traduit de l'anglais par Catherine AUDIÈRES

Éditions J'ai lu

Ce roman a paru sous le titre original :

WOMEN HAVE HEARTS

NOTE DE L'AUTEUR

La ville de Dakar, qui devint au XXe siècle le centre le plus important des colonies françaises d'Afrique, exigea nombre de constructions et de travaux publics pour en faire une cité moderne, conforme aux habitudes des résidents européens. En dix ans, de 1900 à 1910, la population blanche s'accrut jusqu'à compter 2 500 personnes.

L'idéal civilisateur et humanitaire de la France fut largement aidé par la présence de femmes européennes.

Il s'en trouvait déjà près de 1 500 en 1926 et elles tenaient une place prépondérante dans la vie quotidienne. Une série de livres fut alors publiée, consacrée à leurs distractions et à leurs activités. On s'y intéressait aussi bien aux « Soins des enfants africains » qu'à la « Flore et faune africaines ». Les détails des toilettes de ces dames étaient commentés avec une attention extrême.

Quand j'ai visité Dakar, en 1979, j'ai découvert une très belle métropole et un cadre parfait pour des vacances. Le président Léopold Sedar Senghor, qui a joué un rôle capital dans la promotion d'une culture et d'un art noirs, est aussi l'un des plus grands poètes français.

1

1899

Kelda longeait le couloir quand elle entendit quelqu'un pleurer.

Elle s'arrêta, se retenant de frapper à la porte d'Yvette pour s'enquérir de ce qui se passait.

Elle savait qu'elle n'avait pas à s'occuper des jeunes filles encore pensionnaires. Mrs Gladwin le lui avait expliqué. Kelda n'était qu'une servante à qui l'on abandonnait les travaux les plus durs, lorsque la directrice l'avait promue au rang de maîtresse assistante.

La voix de Mrs Gladwin, lorsqu'elle s'adressait à ses inférieurs, manquait de douceur :

— Puisque vous jouez du piano, lui avait-elle dit, vous surveillerez les petites, lorsqu'elles font leurs exercices, et vous les garderez aussi en étude quand elles font leurs devoirs. Cela aidera leurs maîtresses en titre.

Elle s'était interrompue. De toute évidence, elle cherchait quelles autres charges elle allait pouvoir mettre sur les épaules de Kelda. Elle ajouta :

— Naturellement, vous continuerez à vous occuper du blanchissage, du repassage et du raccommodage, comme avant. Considérez cela comme une promotion, et soyez-en reconnaissante !

— Merci, madame...

Le regard aigu de Mrs Gladwin la transperça, puis elle poursuivit :

— La robe que vous portez est beaucoup trop collante ! Elle frise l'indécence !

Kelda tenta une explication :

— Je crois que j'ai grandi depuis que je la porte...

— Ouvrez donc les coutures !

— Je l'ai déjà fait, madame.

— Mauvaises excuses, comme toujours, pour éviter de dépenser un peu d'argent ! Vous pouvez vous retirer.

Kelda quitta le salon de la directrice avec un vif sentiment de soulagement. Elle se sentait suivie par des ondes malveillantes. Ses moindres gestes étaient critiqués.

Mrs Gladwin savait utiliser Kelda, mais elle la détestait. Kelda s'était demandé pourquoi, jusqu'au moment où l'une des pensionnaires lui en avait donné l'explication :

— Faites attention au Dragon, aujourd'hui, Kelda ! Elle est sur le sentier de la guerre, et vous savez qu'elle vous déteste particulièrement parce que vous êtes si ravissante !

Ravissante, elle ? Seule, le soir, dans la mansarde où elle dormait, Kelda s'était regardée dans le petit miroir trouble suspendu au mur.

« Suis-je vraiment jolie ? »

Ce soir-là, elle découvrit qu'elle l'était, en effet.

Elle avait passé trois années dans un orphelinat, après la mort de ses parents, tués dans un tremblement de terre, en Turquie.

Archéologue, Philip Lawrence était chargé de mission par la Société nationale de géographie. On lui avait accordé, par faveur, l'autorisation d'emmener sa femme et sa fille.

Il n'était pourtant nullement question qu'on leur

paie le voyage. Et Philip Lawrence avait eu du mal à trouver de quoi payer le passage de leur unique enfant.

Kelda devait souvent regretter d'être restée à l'auberge le jour de la mort de ses parents. Après une mauvaise nuit, on l'avait laissée dormir. Elle pleurait souvent à l'idée qu'elle n'avait même pas embrassé ses parents, ce matin-là...

Elle ignorait qui avait décidé de la placer dans un orphelinat des faubourgs de Londres. L'un des membres de la mission, sans doute, qui avait ramené l'enfant, encore en état de choc, jusqu'en Angleterre, et s'en était débarrassé en la confiant à un établissement charitable. Kelda ne se souvenait de rien, jusqu'au moment où elle s'était retrouvée « enfant assistée », parmi une cinquantaine d'autres orphelines d'âges divers. Certaines vivaient là depuis leur plus jeune âge.

Dans l'ensemble, ces enfants acceptaient leur sort avec résignation car elles n'avaient jamais connu autre chose. Il en allait autrement pour Kelda ! On l'avait aimée, choyée, comprise. Elle se rappelait l'amour de ses parents. Elle se crut plongée dans une sorte d'enfer sans aucun espoir d'en sortir.

Pendant trois ans, elle supporta donc l'humiliation d'être traitée comme un objet, comme un être privé de sentiment, sur lequel nul regard amical ou attentif ne se posait. Elle souffrit de la mauvaise nourriture et même de la faim. Elle dormit, avec une douzaine d'autres fillettes, dans une salle où l'on gelait l'hiver et où l'on étouffait l'été.

Aussi éprouva-t-elle un vif sentiment de soulagement lorsque, à quinze ans, on lui annonça qu'elle devait gagner sa vie et qu'on l'envoyait, à cet effet, au pensionnat de Mrs Gladwin.

Là, au moins, elle entendit à nouveau des voix douces et cultivées. Les élèves se plaignaient de la nourriture, mais après l'orphelinat, Kelda, elle, l'appréciait.

Et puis, surtout, elle pouvait espérer reprendre son éducation interrompue depuis son entrée à l'orphelinat. Les enfants savaient à peine lire et écrire. Une institutrice bénévole venait deux heures par jour leur enseigner quelques notions élémentaires. Rien n'était prévu pour les mieux douées ou les plus avancées.

Au pensionnat, Kelda se procura aisément des livres scolaires, qu'elle montait dans sa mansarde, le soir, son ouvrage achevé. Souvent trop fatiguée pour travailler longtemps, elle réussit néanmoins, au fil des années, à acquérir les connaissances qu'elle jugeait indispensables pour devenir telle que son père aurait souhaité qu'elle soit.

Les professeurs changeaient sans cesse. Pourtant, quelques-unes d'entre elles eurent le temps de lui indiquer les ouvrages de base ou de lui expliquer ce qu'elle ne comprenait pas.

Elle se lia avec une Française qui enseignait sa langue. Kelda lui montait en cachette d'innombrables tasses de café et, en échange, celle-ci l'aidait à perfectionner son français.

— Votre accent est bon, mon enfant, disait-elle, mais travaillez vos verbes ! Les Anglais négligent beaucoup trop les verbes français !

Kelda parlait déjà assez couramment, mais elle souhaitait posséder la langue aussi parfaitement que sa mère. Elle redoubla d'efforts, et fut enchantée quand Mademoiselle déclara :

— A présent vous parlez comme une Française ! On pourrait s'y tromper !

Deux ans plus tard, Yvette de Villon entrait comme pensionnaire chez Mrs Gladwin. Française, elle appartenait à une famille aristocratique de vieille souche. Kelda fut enchantée de cette arrivée.

Il ne lui était pas permis, en principe, de nouer des liens d'amitié avec les élèves. Elle devait repasser leurs toilettes et les entretenir aussi bien qu'elle le pouvait. Sans plus.

Elle entreprit cependant de gagner la confiance de la jolie Française, en lui rendant tous les services qui étaient de son ressort. Elle le fit avec tant de gentillesse qu'Yvette la prit en amitié et la traita en égale.

Le malheur avait rendu Kelda prudente. Une jeune fille aussi riche et gâtée qu'Yvette, à l'humeur souvent capricieuse, pouvait tout à coup trouver indigne d'elle d'accepter à l'heure du chagrin le soutien d'une humble assistante, presque une servante.

Ce matin-là, immobilisée dans le couloir, Kelda se demandait pourquoi Yvette pleurait ainsi. Ces sanglots l'inquiétaient d'autant plus que la jeune Française ne ressemblait pas aux autres filles, toujours au bord des larmes pour une réprimande, une mauvaise note, ou par nostalgie de leur foyer.

Fière, sûre d'elle-même, Yvette n'avait aucune de ces amies intimes chères aux pensionnaires, à qui l'on confie des chagrins réels ou imaginaires. Sa peine semblait si intense à cet instant que Kelda n'hésita plus.

Elle frappa doucement à la porte. Au bout d'un moment, Yvette interrogea :

— Qui est là ?

Kelda, dans un chuchotement, répondit :

— C'est moi, Kelda...

— Entrez !

Kelda se glissa dans la chambre.

La pièce était petite, comme toutes les chambres du pensionnat, mais Yvette, qui possédait de très jolies choses, y avait imprimé le cachet de sa personnalité.

Un couvre-pied de dentelle recouvrait le lit étroit et un coussin de satin réchauffait l'unique chaise. La porte de la garde-robe, entrouverte, laissait entrevoir une multitude de robes colorées, élégantes, qui venaient des meilleurs couturiers parisiens.

Yvette tourna vers Kelda un pauvre visage, dépourvu du charme qui était le sien d'ordinaire. Elle avait les yeux gonflés, le nez rougi et des larmes coulaient encore sur ses joues.

— Que se passe-t-il ? (Kelda remarqua qu'Yvette serrait dans une main une lettre chiffonnée, tandis que, de l'autre, elle pressait un mouchoir humide.) Est-il arrivé un malheur à quelqu'un que vous aimez ?

Cette pensée venait toujours à l'esprit de Kelda lorsqu'elle découvrait une personne plongée dans un chagrin profond. Elle se souvenait alors du choc causé par la mort de ses parents. Quelle peine pouvait égaler celle-là ?

— Non, soupira Yvette. Non... Ce n'est pas cela !

Kelda referma la porte derrière elle.

— Alors, dites-moi vite ce qui vous bouleverse ainsi. Je pourrai peut-être vous aider ?

— Personne... Personne ne peut m'aider, murmura Yvette d'une voix brisée.

— Allons, dites-moi !

— J'ai reçu une lettre... Une lettre de mon oncle !

— Et cela suffit à vous émouvoir à ce point ?

— Oh ! Je le déteste ! Je l'ai toujours détesté ! Et maintenant, il faut que je parte d'ici pour aller vivre avec lui !

Alors, Kelda se souvint que, tout comme elle, Yvette était orpheline, quoique possédant une nombreuse parenté en France. A chaque période de vacances, elle retournait à Paris où elle résidait chez des oncles et des tantes qui portaient des titres impressionnants et possédaient des châteaux en province, ou des villas sur la Côte d'Azur.

Yvette regagnait le pensionnat avec quantité d'histoires à raconter. Voyages, réceptions, fêtes champêtres... Comment la croire à présent en plein désarroi ?

Kelda demanda à mi-voix :

— Avec lequel de vos oncles devez-vous aller vivre ?

— Mon oncle anglais ! Il est horrible ! Si je vais vivre auprès de lui, je ne reverrai jamais la France... ni... aucun de... mes amis !

Elle recommençait à pleurer. Kelda, apitoyée, prit un mouchoir frais dans un tiroir et le lui tendit. Pendant que la jeune Française s'essuyait les yeux, Kelda reprit :

— J'ignorais que vous aviez un oncle anglais. Vous ne m'en avez jamais parlé.

— Et pourquoi l'aurais-je fait ? Je vous l'ai dit... je le déteste ! Mais ma tante l'a épousé !

— Et il vit en Angleterre ? Allons, ce ne sera pas si terrible, Yvette ! Après tout, vous avez beaucoup d'amies anglaises, ici, au pensionnat !

— Il ne vit pas en Angleterre ! Il vit au Sénégal !

Il fallut un instant à Kelda pour se souvenir de la situation géographique du Sénégal. Elle craignit de se tromper :

— Vous voulez dire, le Sénégal, en Afrique occidentale ?

Yvette acquiesça :

— Mon oncle y vit parce qu'il déteste la société. C'est un reclus, un égoïste. Et un excentrique... Pourquoi faudrait-il que j'aille vivre auprès de quelqu'un comme ça ?

Le son de sa voix révélait un véritable désespoir.

— Mais... (Kelda hésita.) Existe-t-il une raison majeure... qui vous oblige à obéir aux volontés de cet oncle ?

Yvette la regarda :

— Oh ! Vous ne savez pas ? Mes parents l'ont choisi pour être mon tuteur, longtemps avant leur mort. (Elle s'interrompit pour s'essuyer les yeux.) Tante Ginette vivait encore. C'était la plus jeune sœur de ma mère et mes parents imaginaient, je pense, que si quelque chose leur arrivait, tante Ginette prendrait la place de maman ! Mais elle est morte, et il ne demeure qu'oncle David. Je l'ai toujours détesté et je suis sûre qu'il me le rend bien.

— S'il ne vous aime pas, pourquoi alors vous faire venir auprès de lui ? objecta Kelda.

— Il veut m'emprisonner en Afrique, là où je ne verrai plus jamais les gens que j'aime, et où je ne trouverai aucune des distractions qui me plaisent ! Il m'y gardera — jusqu'à ce que je devienne aussi vieille et aussi amère que lui ! assura Yvette.

Kelda ne sachant que répondre, Yvette expliqua :

— Il existe un mystère autour de mon oncle ! Quand on parlait de lui, dans la famille, on s'arrêtait toujours dès que j'entrais. Mes jeunes cousins m'ont souvent dit en riant que j'avais trop d'argent et que je deviendrais aussi cynique que mon oncle David.

— Il est riche, alors ? Il désire peut-être vous léguer sa fortune ?

— Je n'ai aucun besoin de son argent. J'en ai bien assez ! Mes parents m'ont légué plus qu'il ne m'en faut, et je ne peux même pas y toucher avant mes vingt et un ans ! Dans trois ans ! Trois ans pendant lesquels je dépendrai de l'oncle David, réduite à mendier auprès de lui le moindre centime que je dépenserai !

A nouveau, elle fondit en larmes. Kelda ne put que la prendre dans ses bras et la câliner comme une enfant :

— Voyons ! Calmez-vous ! Il n'est sans doute pas aussi méchant que vous le pensez ! Et puis cela vous intéressera peut-être de visiter le Sénégal !

Le père de Kelda parlait parfois de l'Afrique occidentale et projetait de s'y rendre. Elle avait accompagné ses parents en Algérie. Elle était très jeune, alors. Elle s'en souvenait à peine : beaucoup de soleil, des maisons blanches, des rencontres qui plaisaient à ses parents...

Elle proposa :

— Je regarderai dans un livre de géographie la description du Sénégal, et je vous raconterai. Où vit votre oncle ?

— Je ne sais pas, dit Yvette avec violence. Ce doit être dans un endroit aussi sauvage que lui ! Je détesterai chaque instant que j'y passerai !

— C'est sûrement mieux que vous ne le supposez ! Allons ! Dites-moi où il vit, insista Kelda.

Yvette désigna la lettre qu'elle avait jetée sur le parquet :

— Regardez l'adresse !

Kelda se baissa et ramassa l'épaisse enveloppe qui, de même que le papier à lettres, était de la meilleure qualité. Celui-ci portait en outre, gravé, un blason impressionnant. La missive venait de Dakar. Sans le vouloir, Kelda lut les premiers mots, tracés d'une écriture haute et ferme :

« Ma chère nièce... »

Cela lui parut quelque peu conventionnel, mais elle n'en montra rien, et suggéra, d'un ton apaisant :

— Je suis certaine de découvrir beaucoup de renseignements sur Dakar, à la bibliothèque. De plus, cette ville et ce pays dépendent de l'administration française, ainsi êtes-vous assurée d'y rencontrer des compatriotes. Vous ne vous y trouverez donc pas aussi isolée que vous le craignez.

— C'est en France que je veux habiter ! protesta Yvette. Je veux aller à Paris, danser tous les soirs, assister à toutes les fêtes que l'on donnera en mon honneur lorsque je quitterai le pensionnat, à Noël.

La jeune Française allait avoir dix-huit ans au début de l'année suivante et quitterait, en effet, le pensionnat de Mrs Gladwin. Kelda, qui l'aimait beaucoup, savait combien Yvette allait lui manquer. Elle soupira :

— Je ne sais vraiment pas ce que je vais devenir sans vous !

— Et si je demandais à rester six mois de plus, demanda soudain Yvette. Croyez-vous qu'on accepterait ?

Kelda, regardant la lettre qu'elle tenait toujours à la main, crut percevoir les vibrations d'une nature autoritaire qui émanaient de cette écriture anguleuse.

— Si votre tuteur vous prie de quitter le pensionnat, il vous faut lui obéir, j'imagine...

Yvette sauta sur ses pieds :

— Pourquoi vivrais-je avec quelqu'un que je hais ? cria-t-elle. Pourquoi me donnerait-il des ordres, sans même s'occuper de savoir si j'ai un avis personnel ? (Elle s'interrompit, réfléchit et conclut :) Mon avis, vous le connaissez ! Je préférerais vivre dans une mansarde à Paris plutôt que dans un palais à Dakar !

— Il possède vraiment un palais ? releva Kelda, intriguée.

— Oh ! Sans doute ! Il est riche, autoritaire et solennel ! Il doit s'imaginer régner sur les pauvres indigènes qu'il emploie.

Kelda déposa la lettre sur la table, résistant au désir de solliciter d'Yvette la permission de la lire.

« Je ne peux en rien l'aider », songeait-elle tristement.

Elle allait dire à Yvette combien son chagrin l'affligeait quand on frappa à la porte.

— Qui est là ? demanda Yvette, aussi surprise que Kelda.

— Madame désire vous voir dans son studio, annonça l'une des femmes de chambre.

Elle partit sans attendre une réponse et le bruit pressé de ses pas décrut le long du couloir. Les jeunes filles se regardèrent :

— Le Dragon a reçu une lettre, elle aussi ! Elle doit être tout excitée, parce que oncle David a un titre de noblesse et des armes sur son papier à lettres !

Mrs Gladwin était une snob, toujours fascinée par les parents d'élèves qui avaient un blason. Ses pensionnaires ne cessaient de s'en amuser. Cette fois, Yvette n'en sourit pas. Elle ajouta :

— Vous pouvez en être sûre, le Dragon m'obligera à faire exactement ce que mon oncle désire !

— Il faut que vous y alliez tout de suite ! Mais avant, laissez-moi vous baigner le visage, pour effacer la trace de vos larmes, proposa Kelda.

— Pas du tout ! Elle peut très bien les voir ! Je vais tenter de la persuader d'écrire à mes parents français afin de protester contre mon départ dans un pays si lointain, mais cela m'étonnerait qu'elle accepte !

— Ce serait inutile, je le crains aussi. Vos autres parents n'ont pas d'autorité sur vous, puisque cet oncle est votre tuteur légal.

— Oncle David ne m'a jamais témoigné le moindre intérêt, rappela Yvette, indignée. Il ne m'écrivait pas à Noël, il ne m'envoyait même pas une carte ! Et, maintenant, il désire que je vive auprès de lui ? Qu'est-ce que cela signifie ?

— C'est étrange, en effet. Il se sent peut-être seul ?

— Seul, l'oncle David ? D'après mon cousin Jacques, tout reclus qu'il est, il a une maîtresse !

Kelda hocha la tête :

— Je ne puis croire que votre cousin vous ait dit cela, Yvette !

— Pas tout à fait ! reconnut Yvette. Il a rendu visite à oncle David, en allant au Cap, et il a raconté à son frère, sans savoir que je l'écoutais, qu'il avait aperçu une femme ravissante, une métisse... J'ignore d'ailleurs ce que signifie ce mot. Je l'ai demandé à ma tante, mais elle ne m'a pas répondu.

Kelda, sachant qu'il s'agissait de la fille d'un Européen et d'une Africaine, s'abstint de l'expliquer à Yvette.

— Vous devriez vous rendre chez Madame, conseilla-t-elle. Elle n'aime pas attendre, vous le savez !

— Qu'est-ce que cela me fait, qu'elle se fâche, puisque je m'en vais ?

Kelda brossa les cheveux d'Yvette et lui tendit un mouchoir propre :

— Je vais laver l'autre... Voyons, que puis-je faire pour vous ?

— Rien, à moins que vous ne puissiez jeter un sort à oncle David qui le fasse tomber raide mort ! affirma sombrement Yvette. (Elle se dirigea vers la porte et, là, s'arrêta :) Tiens ! C'est une idée ! On pratique la magie noire, je crois, en Afrique. Je trouverai peut-être là-bas un docteur en sorcellerie qui changera les idées de mon oncle à mon sujet !

Kelda poussa un cri d'horreur :

— Ne dites pas cela ! Je sais bien que vous ne ferez rien de la sorte !

— N'en soyez pas si sûre ! lança Yvette, avant de s'engager dans le couloir.

Kelda soupira et commença à ranger la chambre. Elle se sentait désolée pour Yvette mais comme elle aurait aimé, elle, pouvoir voyager à nouveau, au Sénégal ou ailleurs, comme du temps de son père !

Elle qui avait subi la réclusion entre les murs froids et noirs de l'orphelinat ! Quand ses parents vivaient encore, ils ne restaient jamais longtemps au même endroit. Si Philip Lawrence ne participait pas à quelque expédition archéologique, il donnait des conférences en Angleterre, dans toutes les universités. Kelda se souvenait s'être rendue avec eux en Écosse, à Edimbourg.

Tous ces voyages l'enchantaient, qu'ils fussent proches ou lointains. Certes, ils n'étaient pas toujours très confortables, mais quel plaisir de circuler à dos de chameau, ou sur une mule entêtée ! Quelle exaltation d'emprunter un frêle bateau, par mer houleuse, pour gagner un rivage autrement inaccessible !

Kelda soupira : « Ô Papa ! Comme vous me manquez ! »

Ces huit années écoulées depuis sa mort ressemblaient à un long cauchemar.

Elle pensa soudain que si Yvette, à dix-huit ans, allait faire son entrée dans le monde, elle en aurait, elle, vingt et un en juillet. Sa vie, sans doute, n'en subirait nul changement.

Elle s'était souvent demandé si, à sa majorité, devenue libre, elle quitterait le pensionnat. Cela lui semblait difficile. Chez Mrs Gladwin, au moins, elle se trouvait entourée de jeunes filles cultivées. Certes, elles ne la considéraient pas comme leur égale et ne manquaient pas de lui rappeler qu'elle venait d'un orphelinat, qu'elle n'était qu'une « enfant assistée ». Sauf Yvette.

Au début, Kelda, humiliée, répondait que son père était un gentleman, et sa mère une dame, même s'ils ne possédaient pas d'argent. Puis elle se rendit compte que soulever de telles discussions rendait sa situation plus difficile encore.

Mrs Gladwin prenait un méchant plaisir à l'humilier, mais elle ne pouvait ni la quitter, comme les servantes, ni lui répondre, comme les professeurs. Elle apprit donc à se contrôler, à ne pas répliquer lorsque Mrs Gladwin s'acharnait à découvrir des fautes imaginaires dans son travail et à lui reprocher de ne pas manifester la gratitude qu'on attendait d'elle. Après tout elle avait un toit sur sa tête et elle ne mourait pas de faim.

On rétribuait ses services — le quart de ce que l'on donnait aux servantes — mais ces maigres gages lui étaient versés irrégulièrement. Comme elle avait horreur de réclamer son dû, sachant qu'on lui ferait remarquer, une fois de plus, qu'elle devait s'estimer heureuse d'avoir été recueillie par charité, elle n'en parlait pas la première à Mrs Gladwin.

Kelda traversa la chambre pour aller fermer la porte de la garde-robe. Elle admira les robes d'Yvette et songea à sa mère, qui s'arrangeait toujours pour être élégante à peu de frais.

« Ce qui compte pour une toilette, Kelda, disait-elle, c'est moins son prix que le goût que l'on y apporte, et, surtout, la connaissance de ce qui vous met en valeur. »

« Si je le pouvais, pensa Kelda, je saurais peut-être m'habiller, moi aussi... »

Un coup d'œil au miroir suffit à la convaincre que la robe de mauvais coton gris qu'elle portait ne pouvait embellir personne. C'était un vêtement de pauvresse, choisi par Mrs Gladwin qui, depuis son arrivée au pensionnat, exigeait qu'elle portât le même genre de tenue grise qu'à l'orphelinat.

Un an plus tôt, Kelda avait demandé :

— Il me faut une nouvelle robe, madame. Pourrais-je la prendre bleue ou verte ?

— Ces couleurs ne conviennent pas à votre position dans la maison. Elles sont, de plus, salissantes, avait répliqué Mrs Gladwin d'un ton acide.

— Je lave ma robe chaque semaine !

Mrs Gladwin était déterminée à la prendre en faute :

— C'est beaucoup trop ! Cela l'use et voilà tout ! Je vous ai choisi une tenue, vous la porterez. Inutile de revenir là-dessus !

C'était inutile, en effet. Aussi Kelda désespérait-elle de porter un jour une robe un peu plus séduisante.

Tout en s'éloignant de la garde-robe, elle rêva à ce qu'elle s'achèterait si elle le pouvait ! Le bleu ou le vert pâle lui conviendraient, comme à sa mère. Elle avait la même chevelure dorée, les mêmes yeux d'un gris changeant, le même teint clair.

Elle se pencha vers le miroir d'Yvette, et s'en détourna avec un soupir.

A quoi bon ? Les années passeraient et elle porterait toujours son uniforme gris...

Si Yvette savait ce qu'elle endurait, elle s'estimerait heureuse de partir pour le Sénégal, ou pour n'importe où, plutôt que de rester prisonnière des murs de ce pensionnat !

2

Parmi les innombrables tâches qui incombaient à Kelda, il en était une, imaginée par Mrs Gladwin, qui la retenait assez tard après l'heure du repas du soir.

Les professeurs, à tour de rôle, surveillaient le dîner des élèves, dans la grande salle à manger. Elles avaient demandé qu'on serve dans leur salle privée celles qui n'étaient pas requises. Là, elles pouvaient ajouter quelques douceurs à l'ordinaire du pensionnat.

Pareille innovation avait déplu à Mrs Gladwin mais, à court d'arguments, elle sauva son orgueil en déclarant qu'on ne pouvait demander aux servantes un tel surcroît de travail. Kelda s'en occuperait donc et transporterait les repas de la cuisine au salon des professeurs.

Kelda n'avait pas eu vraiment à s'en plaindre : les professeurs la faisaient bénéficier de leurs petits suppléments. Cela la changeait des menus de l'école qui se répétaient avec monotonie d'une semaine à l'autre.

Ce soir-là, lorsqu'elle entra dans la pièce, il y régnait une animation inaccoutumée. Miss Dawson, la doyenne, déclarait :

— Je lui ai dit : « Je n'ai aucune intention, madame, de gâcher mes vacances en naviguant vers je ne sais quel point perdu de la planète ! J'ai horreur de la mer ! J'en ai toujours eu horreur, et je suis décidée à ne pas m'éloigner de nos rivages ! »

Un éclat de rire salua ces mots, tandis que Kelda déposait sur la table son lourd plateau.

— Et qu'a-t-elle répondu ?

— Elle a paru furieuse, et elle a envoyé chercher miss Jenkins.

— Avez-vous accepté la proposition, Jenky ? cria quelqu'un. Allons, nous sommes tout oreilles !

Miss Jenkins, professeur d'éducation physique et de sports, protesta :

— Bien sûr que non, je n'ai pas accepté ! Je passe mes vacances dans la famille de mon fiancé. Je n'y renoncerai pour rien au monde !

On rit encore, tandis que Kelda servait le potage et disposait une assiette en face de chaque professeur. Quelqu'un demanda :

— A qui encore a-t-elle fait sa proposition ?

— A plusieurs d'entre nous, affirma miss Dawson. Miss Ashton, avant de partir, ce soir, m'a dit qu'elle avait refusé, et miss Hart aussi.

Miss Jenkins déclara :

— Madame ferait n'importe quoi pour plaire à ce noble lord ! Elle n'a qu'à y aller elle-même, ou y envoyer Kelda !

Kelda fut stupéfaite d'entendre son nom, noyé dans les rires.

— En fait, reprit miss Jenkins, je le lui ai suggéré !

— Vous avez fait ça ! cria miss Dawson. Qu'est-ce qui vous a pris ? Nous savons toutes ce qu'elle pense de Kelda !

Miss Jenkins ricana :

— Elle était furieuse ! Elle n'ignore pas qu'à notre avis elle traite Kelda en tyran, et qu'aucune de nous ne le supporterait ! A vrai dire, Kelda, je me suis souvent demandé pourquoi vous ne partiez pas !

Kelda déposait sur la table la dernière assiette de potage. Elle répondit en souriant :

— La réponse est simple : je n'ai aucun autre endroit où aller.

— Et pas d'argent non plus, je suppose ?

— On ne m'a pas payée depuis six mois et, si on le faisait, je ne pourrais guère dépasser Piccadilly Circus !

Elles rirent encore, comme si Kelda venait de lancer quelque chose de très spirituel.

— Quelle honte ! conclut miss Jenkins. Mais ne vous inquiétez pas ! Un de ces jours, un oncle inconnu surgira, riche à millions, et vous emmènera loin d'ici ! Chacun a sa chance !

— Je peux toujours espérer ! approuva Kelda, emportant son plateau.

En quittant la pièce, elle entendit miss Dawson déclarer :

— Franchement, la façon dont Madame traite cette charmante jeune fille est scandaleuse !

— Certes ! répondit miss Ashton, mais nous n'y pouvons rien ! C'est une enfant assistée...

Kelda n'essaya pas d'en apprendre davantage. Elle courut vers la cuisine, poursuivie par l'écho de ces mots :

« Enfant assistée ! Enfant assistée ! »

Des mots qui la hantaient. Elle n'échapperait donc jamais à cette étiquette ! Une « enfant assistée », que tout le monde pouvait maltraiter, et qui n'avait aucun espoir, ni dans le présent, ni dans l'avenir...

Elle acheva de servir le dîner des professeurs et fit la vaisselle. Puis, elle prépara une tasse de chocolat avec l'intention de l'apporter à Yvette.

Elle agissait ainsi au mépris des règles de l'école, mais cette boisson calmante aiderait la jeune Française à s'endormir. Agitée comme elle l'était, elle risquait de passer une mauvaise nuit.

Quand elle ouvrit la porte, elle vit Yvette, encore habillée, assise devant sa coiffeuse, et qui se contemplait dans son miroir d'un air désespéré.

— Je vous apporte un chocolat chaud, annonça Kelda.

— C'est vraiment gentil à vous, Kelda. Je n'ai pas pu dîner, j'étais trop malheureuse !

— Avez-vous faim ? Voulez-vous que je descende vous préparer un sandwich ?

— Non, je ne veux pas manger, mais je prendrai le chocolat avec plaisir. Vous y avez mis assez de sucre ?

— Oui ! « Chaud et bien sucré », voilà ce que ma mère prescrivait quand quelqu'un avait reçu un choc !

— On peut dire que j'en ai reçu un fameux !

— Que vous a appris Madame ?

— Ce que nous savions déjà : il faut que je parte au Sénégal, pour y vivre aux côtés de mon tuteur, ce bon oncle David ! Il lui a écrit qu'on devait m'envoyer chez lui, comme un simple paquet, accompagnée toutefois par l'un des professeurs de l'école afin que je ne me perde pas en route !

— Tous les professeurs refusent de faire le voyage !

— Je le sais... Madame m'a fait revenir dans son studio, après les prières du soir, pour me questionner : « Avez-vous des parents, en Angleterre, qui pourraient vous conduire à Dakar ? » J'ai répondu : « Non, madame ! Et, si j'en avais, ils ne le feraient pas ! Tous mes parents détestent mon oncle autant que moi ! »

Kelda ne put s'empêcher de rire :

— Madame a dû être très choquée par votre liberté de langage !

— Horrifiée ! reconnut Yvette. Elle m'a regardée un moment et a déclaré : « Ce n'est pas une façon de parler de votre oncle, Yvette ! Je suis certaine qu'il agit dans votre intérêt. » J'ai répondu : « Mon intérêt, madame, ce serait de vivre en France auprès de gens que j'aime et qui m'aiment. Je n'ai aucune raison de partir pour le Sénégal, j'en ai d'excellentes pour essayer de m'enfuir ! »

Kelda rit encore :

— Vous vous êtes montrée courageuse ! Comment avez-vous osé lui dire ça ?

Yvette haussa les épaules :

— Qu'ai-je à craindre d'elle ? Comparé à ce qui m'attend chez l'oncle David !

— Et ensuite ?

— Ensuite, elle m'a tenu un long discours sur mon impertinence et m'a démontré que je ne faisais pas seulement tort à moi-même, mais aussi à sa précieuse école, en m'exprimant d'une façon si peu convenable et si peu conforme à l'éducation qu'on m'y avait dispensée !

En prononçant ces derniers mots, Yvette imitait parfaitement les manières pompeuses de la directrice. Les deux jeunes filles, cette fois, éclatèrent de rire.

— Lorsqu'elle eut repris son souffle, continua Yvette, j'ai pu parler à mon tour. J'ai dit : « Je ne m'étonne pas que nul professeur ne veuille me conduire au Sénégal et je n'ai pas l'intention de m'y enterrer toute vive moi-même ! Si vous ne trouvez personne pour m'y accompagner, vous n'avez qu'à écrire à mon oncle qu'il vaut mieux que je reste ici !... Ou alors, demandez à Kelda de venir avec moi. Elle, au moins, une fille d'explorateur, ne répugnera pas à partir pour l'Afrique ! »

Kelda soupira :

— Miss Jenkins lui a suggéré la même chose. Qu'a-t-elle répondu ?

— Je n'ai pas attendu ! J'ai quitté la pièce, tandis qu'elle essayait de retrouver sa respiration, comme un poisson rouge qu'on tire de son bocal !

— Elle doit être furieuse, soupira Kelda.

Quelque chose, dans sa voix, inquiéta Yvette :

— Oh ! Kelda ! J'espère qu'elle ne passera pas sa colère sur vous ?

— Je l'espère aussi !

Kelda n'était pas sans nourrir quelque crainte :

deux personnes avaient fait la même suggestion à Mrs Gladwin. Vexée, celle-ci pouvait imaginer de s'en venger sur elle.

Cette idée la rendait nerveuse.

— Quand devez-vous partir ? demanda-t-elle à Yvette.

— Deux jours avant la fin du trimestre. Madame ne m'aurait pas permis de manquer à la règle, mais oncle David a choisi lui-même le bateau sur lequel je dois voyager. Un navire qui fait escale à Dakar, en route pour Le Cap.

— Cela me semble merveilleux...

— Vous savez ce que j'en pense... Je voudrais tant que vous veniez avec moi, Kelda ! Au moins, j'aurais un être humain à qui parler ! Si la vieille Dawson avait accepté la proposition de Madame, je crois que je l'aurais tuée ! Vous n'ignorez pas qu'elle est ennuyeuse au dernier point et en toute occasion !

— Je serais enchantée de vous accompagner... Mais vous savez aussi bien que moi que c'est à peu près comme si je demandais la lune !

Yvette renchérit d'un ton désespéré :

— Je le crains ! Pourtant, si tous les professeurs ont refusé...

— Elles en parlaient, pendant leur dîner, expliqua Kelda. Et il paraît que miss Ashton, absente ce soir, a refusé également.

— Alors, qui le Dragon va-t-il me donner pour compagne ?

— Je n'en sais rien ! Elle a peut-être une amie qui désire voyager en Afrique, ou alors, elle vous accompagnera elle-même !

Yvette poussa un cri d'horreur :

— Dans ce cas, je sauterai par-dessus bord ! Je ne voyagerai à aucun prix avec la vieille Gladwin, je vous le jure !

Elle parlait encore quand la porte s'ouvrit. Stupéfaites, Yvette et Kelda virent Mrs Gladwin en personne, sur le seuil.

Elle ne quittait jamais ses appartements après l'heure du dîner et, d'ailleurs, ne visitait les chambres des pensionnaires que lors de ses inspections, une fois par semaine, le matin.

Dans ces moments, elle cherchait systématiquement ce qui était interdit et Kelda essayait toujours de cacher ce qui risquait de provoquer un drame. Fruits, nourriture, sucreries, ou toute décoration jugée frivole et superflue pouvaient se trouver confisqués par la directrice.

L'arrivée de Mrs Gladwin, à une telle heure, était si inattendue que, pendant quelques secondes, Yvette en oublia de se lever. Mrs Gladwin, elle, regardait Kelda :

— Je supposais que vous étiez ici, Kelda ! Je vous l'ai déjà dit, vous n'avez pas à venir bavarder dans les chambres de ces demoiselles, cela n'est pas convenable. Si vous n'avez rien de mieux à faire, je trouverai sûrement à vous occuper !

Kelda répondit d'une voix douce :

— Mademoiselle était bouleversée. Je lui ai apporté une boisson chaude pour la réconforter.

— Si Yvette a besoin de soins, je ferai venir un médecin ! (Elle regarda la jeune Française en fronçant les sourcils et ajouta :) J'imagine que vous pleurez et que vous faites des tas d'histoires à cause des plans d'avenir de votre tuteur !

Aussitôt, les larmes revinrent aux yeux d'Yvette. Mrs Gladwin continuait :

— Vous devriez mieux vous contrôler ! Je vous l'ai répété souvent : quelqu'un de civilisé, de bien élevé, sait contrôler chacune de ses émotions !

Yvette ne répondit pas, car elle cherchait son mouchoir.

— Votre départ pour Dakar me pose beaucoup de problèmes ! C'est la raison de ma venue, ce soir. Je voulais vous demander si vous ne connaissiez personne, en Angleterre, qui pourrait vous accompagner.

— Je vous l'ai déjà dit, madame, je ne connais personne !

— Voyons, une ancienne gouvernante qui accepterait, contre une rémunération, légère évidemment, de vous servir de chaperon pendant ce voyage ?

— La seule gouvernante que j'ai eue avant de venir ici se trouve à Paris, auprès des enfants du duc de Maufrigneuse. Elle ne pourrait pas venir s'occuper de moi, même si elle le désirait, ce dont je doute fort !

Mrs Gladwin feignit de ne pas entendre ces derniers mots, prononcés d'un ton sarcastique. Debout au milieu de la petite chambre, elle réfléchissait.

Kelda aurait aimé se glisser hors de la pièce, mais elle sentait que cela ne ferait qu'attirer un orage sur sa tête. Elle resta tapie dans un coin, espérant qu'on l'oublierait.

— Soit, dit Mrs Gladwin après un long silence. Puisque nous en sommes là, la seule solution que je puisse envisager, c'est d'envoyer Kelda à Dakar avec vous. (Elle s'interrompit, insensible à l'expression stupéfaite des deux jeunes filles, et poursuivit :) En tant qu'enfant assistée, elle n'est rien de plus qu'une servante ! Elle pourra donc vous servir, en quelque sorte, de femme de chambre, et veiller sur vous à ce titre.

Personne ne répondant, Mrs Gladwin continua, comme se parlant à elle-même :

— Je vais écrire immédiatement à la Steam Ship Company pour leur expliquer votre cas. Le nom de votre oncle a beaucoup de poids pour eux, et ils s'occuperont de vous avec toute la sollicitude voulue. Je leur demanderai aussi de trouver des gens respectables à bord, qui pourront vous servir de chaperons. On le fait souvent quand il s'agit de jeunes dames regagnant seules les Indes. On prie une passagère honorable de veiller sur elles. Ainsi, je serai sûre que vous aurez un véritable chaperon qui vous surveillera jusqu'à votre arrivée à Dakar, où vous serez remise entre les mains de votre tuteur officiel.

Un silence tomba dans la petite pièce, où les jeunes filles osaient à peine respirer. Yvette dit enfin :

— Je... Je serai enchantée... d'avoir Kelda auprès de moi !

— Très bien, encore que je n'aie aucune réelle confiance dans les capacités de Kelda à vous surveiller, dès lors que vous serez seule avec elle ! Mais je suis sûre, oui, je suis tout à fait sûre qu'on trouvera quelqu'un de respectable, à bord, pour vous prendre en charge. Je vous conduirai en personne à Southampton. Ainsi votre oncle n'aura-t-il aucune raison de s'inquiéter pour vous.

Mrs Gladwin s'interrompit et se tourna vers Kelda. La jeune fille restait figée sur place et ses yeux gris paraissaient immenses dans son visage pâli par l'émotion.

— Quant à vous, Kelda, si jamais vous manquez à votre devoir, si vous trahissez ma confiance, je peux vous assurer que vous ne franchirez jamais plus les portes de cette maison !

Puis, sans attendre la réponse de Kelda, elle se détourna, dans un grand bruissement soyeux de ses jupons et conseilla :

— Allez donc vous coucher, Yvette ! Et avant de vous endormir, ne manquez pas d'adresser une prière de gratitude au ciel, pour vous avoir donné quelqu'un comme moi, qui prends vos intérêts à cœur et cherche à vous protéger !

Sur ces paroles, prononcées d'une voix forte, Mrs Gladwin, satisfaite d'elle-même, quitta la chambre.

Kelda et Yvette se regardèrent, sans oser bouger. Elles se sentaient comme pétrifiées par la surprise. Tout à coup, Kelda, retrouvant le souffle la première, commenta d'une voix si basse, à peine un chuchotement :

— Ce n'est pas vrai ! Je... Je n'ai pas compris ce qu'elle a dit ! Je... Je dois rêver !

Yvette qui avait recouvré ses esprits, s'exclama :

— C'est vrai ! Je peux à peine y croire moi-même ! Ô Kelda ! Qui d'autre que vous pourrait me rendre ce voyage supportable ? Bien sûr que je vais adresser une prière de remerciement à Dieu. Sans vous, je serais morte de chagrin sur ce bateau, bien avant l'arrivée à Dakar !

3

Quand le bateau quitta le port de Southampton pour entrer dans la Manche, Kelda dut faire un gros effort pour se persuader qu'elle ne rêvait pas.

Elle avait du mal à croire que, pour un temps du moins, elle avait quitté l'école où elle se trouvait si malheureuse, et l'Angleterre elle-même où, pendant les huit dernières années, elle n'avait connu que le chagrin, au point de se sentir parfois proche du désespoir.

Maintenant, comme si une baguette magique l'avait effleurée, tout était changé. Et pendant deux mois au moins, elle échapperait à la férule de Mrs Gladwin qui essayait toujours de la prendre en faute, sans lui permettre un seul instant d'oublier qu'elle n'était, après tout, qu'une « enfant assistée ».

Monter à bord du bateau avait enchanté Kelda, à défaut de plaire à Yvette.

Lord Orsett, le tuteur, était assurément un personnage riche et influent. On avait réservé aux jeunes filles deux des meilleures cabines de première classe, et qui communiquaient.

Une nuée de stewards pleins d'obligeance s'était abattue sur leurs bagages : celui de Kelda, mince et pathétique dans sa pauvreté, ceux d'Yvette, d'immenses malles pleines de robes, de lingerie, de bonnets, d'ombrelles, et une foule d'objets qu'elle avait exigé d'acheter au dernier moment.

Elle avait déclaré à Mrs Gladwin, d'un ton de défi :

— S'il faut que je reste dans ce trou perdu à l'autre bout du monde, je veux au moins avoir tout ce qu'il me faut. Alors, jusqu'à mon départ, je passerai mon temps à faire des achats !

Pour une fois, Mrs Gladwin n'avait trouvé aucun argument à lui opposer. A défaut de quelqu'un d'autre, Kelda fut donc chargée d'accompagner la jeune Française dans un grand nombre de ses expéditions. Yvette ne pouvait pas, bien entendu, circuler dans un véhicule des transports publics, aussi avait-on loué une voiture fermée pour son usage.

Tout cela plaisait tant à Kelda que, chaque soir, elle adressait une petite prière au ciel pour que rien ne contrarie son départ pour le Sénégal. Cependant, chaque jour qui les rapprochait de ce départ rendait Yvette plus triste et plus désespérée.

— Je vais être enterrée vive, là-bas ! répétait-elle, et Kelda ne parvenait pas à la consoler.

Elle avait écrit à chacun de ses parents parisiens afin qu'ils interviennent pour lui éviter cet exil mais ils lui avaient répondu, l'un après l'autre, qu'on ne pouvait contrecarrer l'autorité d'un tuteur.

— Pourquoi donc s'est-il installé au Sénégal ? demanda Kelda.

— Je n'en sais rien ! Par excentricité !

— Est-ce qu'il y vivait déjà, avant son mariage avec votre tante ?

— Je ne crois pas. J'ai toujours entendu dire que tante Ginette, très jolie et très gaie, aimait beaucoup la vie mondaine.

— Dans ce cas, il est étrange qu'il l'ait emmenée en Afrique !

— Tout ce qui touche à l'oncle David est étrange ! Je ne comprendrai jamais la raison pour laquelle maman l'a choisi pour être mon tuteur, déplora Yvette !

— Sans doute lui faisait-elle confiance...

Yvette détestait parler de son oncle. Chaque jour qui passait augmentait sa terreur de le voir.

Kelda l'aurait volontiers questionnée plus avant, mais elle ne voulait pas la contrarier. Mieux valait attendre le début du voyage qui les conduirait auprès de ce parent mystérieux, dans un pays qui ne l'était guère moins.

Kelda s'était livrée à quelques recherches sur le Sénégal. Ce pays avait depuis longtemps déjà le statut de colonie française et l'on en parlait peu dans les livres anglais qu'elle avait à sa disposition.

Elle découvrit toutefois que, quatre ans plus tôt, un décret avait créé un Gouvernement général de l'Afrique occidentale française, avec, à sa tête, un gouverneur général. Elle en conclut que tout ce qui lui semblait obscur s'expliquerait lorsqu'elle aborderait en Afrique.

Comme son père aurait été heureux de la savoir sur le point d'entreprendre à nouveau un long voyage !

Mrs Gladwin lui avait nettement fait entendre qu'elle devrait regagner l'Angleterre dès qu'Yvette aurait rejoint son oncle :

— Mettez-vous bien dans la tête, Kelda, que vous n'êtes que la compagne de voyage de Mademoiselle, et cela, parce que je n'ai pu trouver personne de plus convenable que vous... Ne cherchez pas à vous introduire dans la maisonnée de lord Orsett ! Regagnez l'Angleterre dès que possible. Le premier bateau quittant Dakar pour l'Europe vous ramènera.

Elle avait précisé d'un ton menaçant :

— Je compte absolument sur votre retour à l'école fin janvier !

Kelda avait acquiescé : que faire d'autre ?

Mais, elle le savait, dès que Mrs Gladwin aurait quitté le bateau, elle prierait, matin et soir, pour ne jamais la revoir et pour découvrir un moyen de rester à Dakar. Ou même, dans une autre ville, l'essentiel étant qu'elle trouve à gagner sa vie ailleurs qu'au pensionnat.

« Je pourrais peut-être enseigner dans une école, ou travailler dans un magasin ! »

Ses alarmes avaient duré jusqu'à l'heure de l'embarquement. Pourvu que... pourvu que...

Puis le bateau s'éloigna enfin des côtes anglaises ! Et Kelda s'estima aussi libre qu'elle pouvait l'être. Liberté qui durerait le temps de la traversée.

Mrs Gladwin, comme elle l'avait annoncé, s'était mise en rapport avec la compagnie de navigation pour trouver un chaperon destiné à surveiller Yvette.

Le commissaire de bord l'avait présentée à un couple d'un certain âge, un pasteur méthodiste et sa femme, qui retournaient en Afrique du Sud après un séjour en Angleterre, auprès de leurs enfants.

Comme ils possédaient très peu d'argent, ils gardaient une grande reconnaissance aux membres de leur congrégation qui avaient assumé leurs frais de voyage, et qui, à cause de leur âge, avaient insisté pour qu'ils l'effectuent dans des conditions confortables, en première classe.

Mrs Gladwin avait fondu sur eux comme un aigle sur sa proie et, accablés, confus, ils avaient accepté de jouer le rôle qu'on leur proposait. Mais Kelda n'avait pas tardé à comprendre qu'ils étaient trop las, trop inaccoutumés au monde pour songer à se mêler des affaires d'une jeune fille aussi jolie, aussi évidemment aristocratique qu'Yvette...

Les vêtements modestes de Kelda lui prêtaient l'allure d'une servante d'un niveau supérieur à celui d'une simple femme de chambre, mais néanmoins d'une subalterne. Aussi le vieux couple, moins intimidé par Kelda que par l'impétueuse Yvette, échangea-t-il quelques propos avec elle. Après deux jours, ils furent si atteints par le mal de mer que Kelda fut dans l'obligation de veiller sur eux et de les soigner, alors ils en oublièrent tout à fait Yvette !

Dès le premier soir à bord, celle-ci observa avec attention les autres passagers.

— Il n'y a que des gens ennuyeux ! déclara-t-elle. A l'exception, pourtant, d'un jeune homme qui a l'air assez intéressant !

— Où est-il ? demanda Kelda.

On avait annoncé aux passagers que, pour le premier dîner en mer, ils pouvaient choisir leurs places à leur gré. Le lendemain, les places aux tables présidées par le commandant et les autres officiers seraient attribuées.

Kelda avait assez voyagé pour savoir qu'il s'agissait là d'une précaution permettant au commandant de mieux connaître ses passagers et d'éviter l'erreur de ne pas réserver sa table aux plus importants d'entre eux.

Quand les jeunes filles pénétrèrent dans la salle à manger, Kelda demanda au chef steward de leur donner une table pour deux.

— Pourquoi avoir choisi une si petite table ? s'étonna Yvette.

— Nous pourrons ainsi observer notre entourage, et savoir qui nous désirons éviter !

Yvette se mit à rire :

— Je n'y aurais pas pensé, mais j'aperçois déjà bien des gens qui entrent dans cette catégorie !

— Mon père se moquait parfois des raseurs qu'on rencontre à bord, et qui racontent toujours la même histoire, de Portsmouth à Port-Saïd... Maman, elle, fuyait les papotages, pendant les traversées.

— Il faudra que je m'en méfie ! dit Yvette en riant.

— Je vous le recommande ! N'oubliez pas que j'ai la charge de votre conduite ! Si vous faisiez parler de vous, le blâme retomberait sur moi, assurément !

— Et qui donc saura comment je me suis comportée ? D'ailleurs, si j'avais très mauvaise réputation en arrivant à Dakar, l'oncle David me renverrait peut-être en disgrâce chez moi à Paris !

— Je n'en jurerais pas ! Mais je vous en supplie, ma chère Yvette, rappelez-vous qu'il serait d'abord furieux contre moi et qu'il me renverrait aussitôt, non pas à Paris, mais chez Mrs Gladwin !

A cette perspective, Yvette fit une grimace d'effroi :

— Nous ferons tout pour empêcher cela ! J'ai formé le projet, Kelda, de vous garder auprès de moi, quel que soit l'avis de l'oncle David.

Kelda aurait dû être ravie par une telle déclaration, mais elle ne se sentit pas rassurée pour autant. Ce qu'elle savait de lord Orsett la portait à croire qu'il ne se laissait pas influencer le moins du monde par les désirs des autres. Il faisait ce qui lui plaisait et imposait sa volonté à son entourage.

Si lord Orsett ne voulait pas d'elle auprès de sa nièce, il la renverrait, quoi que puisse dire Yvette. Si seulement elle parvenait à ne pas retourner en Angleterre...

Yvette désigna à Kelda le jeune homme qu'elle avait remarqué dès le premier jour. Kelda put observer que, de son côté, le jeune homme s'intéressait déjà ouvertement à sa compagne.

Cela aurait pu paraître un simple hasard mais Kelda comprit qu'il n'en était rien quand, le lendemain, on leur indiqua leurs places à la table du commandant. L'inconnu se trouvait à côté d'Yvette.

Elles apprirent son nom, Rémy Mancel, et, ce premier jour, elles échangèrent avec lui quelques lieux communs sur le temps, le tangage du bateau, leurs regrets qu'il se trouve trop peu de gens assez jeunes, à bord, pour organiser des jeux de pont.

— Je fais de l'exercice le long des coursives, dit Rémy Mancel, mais j'aimerais mieux jouer au badminton, ou au palet.

— Je joue au badminton, déclara Yvette. Pas très bien, j'en ai peur...

— Alors, je vous invite à une partie, le plus tôt possible ! déclara Rémy Mancel.

Après le repas, Yvette et Kelda gagnèrent le salon, assez froid et inconfortable. Comme Kelda le prévoyait, à peine furent-elles installées dans un coin, attendant qu'on leur serve le café, que Rémy Mancel apparut et demanda la permission de se joindre à elles.

Yvette présenta Kelda. Après un coup d'œil à ses vêtements, le jeune homme estima qu'elle n'était qu'une sorte de demoiselle de compagnie. Il lui adressa un salut cérémonieux et se consacra à Yvette.

— A présent, nous pouvons parler ! commença-t-il.

Ses yeux sombres plongeaient dans ceux d'Yvette avec une expression admirative et il ne cachait guère qu'il la trouvait très séduisante.

« Que puis-je faire ? » songeait Kelda, sans trouver la moindre parade à cette idylle naissante.

— Vous rendez-vous au Cap ? demanda-t-il à Yvette. Il paraît que c'est une ville attachante. Je ne la connais pas encore.

— Non, soupira Yvette, je vais à Dakar.

— A Dakar ? (Rémy Mancel semblait stupéfait. Yvette ne répondant pas, il s'écria :) Vous allez vraiment à Dakar ?

— Il faut que j'aille vivre auprès de mon oncle, expliqua Yvette, mais je vous assure que je préférerais partir pour Le Cap !

Kelda jugea fort indiscrète cette façon de confier ses soucis à un étranger, tandis que Rémy Mancel protestait :

— Pour ma part, je préfère que vous alliez à Dakar où je me rends moi-même ! Je n'arrive pas à croire qu'une personne aussi ravissante que vous doive s'enterrer dans un endroit aussi perdu !

— Vous y habitez ?

— Oh ! pour peu de temps, grâce à Dieu ! Je vais être, pendant trois mois, conseiller diplomatique du Gouvernement général.

Yvette battit des mains :

— C'est merveilleux ! Alors, je vous verrai souvent !

— N'en doutez pas ! Qui est votre oncle ?

— Lord Orsett.

A nouveau, Rémy Mancel parut stupéfait :

— Lord Orsett ? Mais il ne reçoit jamais personne et je ne l'aurais pas cru susceptible d'avoir une nièce aussi jolie que vous !

— Parlez-moi de Dakar ! pria Yvette. Comme vous pouvez l'imaginer, je préférerais, et de loin, me trouver à Paris !

— Je vous comprends. Paris me manque, à moi aussi mais, Dieu merci, j'y reviendrai au printemps !

Yvette enchaîna, d'un ton plein de nostalgie :

— Les marronniers seront en fleur, sur les Champs-Élysées...

— Et les arbres du Bois seront pleins de bourgeons...

— Il y aura des fêtes et des bals tous les soirs, continua Yvette, d'une voix lointaine. J'espérais tellement m'y trouver, et danser chaque jour du soir à l'aube !

— C'est tout à fait ce que je compte faire ! renchérit Rémy Mancel. Mais alors pourquoi êtes-vous en route pour Dakar ?

— Lord Orsett est mon oncle par alliance et il est aussi mon tuteur.

Rémy Mancel la regardait :

— Oui, à présent, cela me revient ! On m'a dit, en effet, qu'il avait épousé une Française. C'est sans doute pourquoi il a choisi de s'installer à Dakar, mais elle n'a pas dû beaucoup apprécier ce séjour, je le crains. Ce qui sera sans doute aussi votre cas...

— Qu'y puis-je ? gémit Yvette. Pour l'amour du ciel, dites-moi ce que je peux y faire ?

— Je vous promets, au moins, de tenter tout ce qui sera en mon pouvoir pour rendre votre séjour à Dakar agréable !

— Mais vous n'y resterez pas !

— Je ne partirai qu'à la fin du mois de mars. Il peut arriver bien des choses, entre-temps !

Son regard ardent intimida Yvette, qui baissa les yeux. Ses longs cils sombres caressèrent ses joues pâles.

« Elle est vraiment ravissante, songeait Kelda. Pas étonnant qu'il la dévore des yeux. »

Que se passerait-il, si lord Orsett les voyait débarquer à Dakar, escortées par un jeune homme ? On ne pouvait en douter, Rémy et Yvette étaient en train de perdre la tête...

— Il est charmant ! Il est intelligent ! Il est si délicieux ! dit Yvette, quand les deux jeunes filles se retrouvèrent le soir dans leurs cabines. (Elle ajouta, les yeux rêveurs :) Oh ! Kelda ! Devinez... ? Je crois que je vais tomber amoureuse !

— Yvette, je vous en supplie ! Il ne faut pas aller trop vite, nous ne savons rien de ce M. Mancel. Qui nous dit que votre oncle approuvera votre choix ?

— Je suis bien sûre qu'oncle David n'approuve personne, sauf lui-même ! Mais, si vous voulez le savoir, M. Mancel m'a demandé de le retrouver sur le pont, demain matin... S'il ne pleut pas, nous pourrons nous y promener et apprendre à mieux nous connaître, sans être surveillés par toutes ces vieilles chouettes malveillantes qui nous dévisageaient, ce soir, pendant le dîner.

Yvette disait vrai : les femmes d'un certain âge qui partageaient la table du commandant avaient observé sans aucune sympathie la façon dont Yvette et Rémy Mancel bavardaient, pendant le repas. Rémy ne fit pas le moindre effort pour s'entretenir avec son autre voisine pas plus qu'Yvette ne partagea son attention entre Kelda et le fascinant Rémy.

Kelda, pour sa part, s'était tournée vers son voisin, un homme d'un certain âge qui se rendait au Sénégal pour y acheter des arachides, principal produit du pays, comme il le lui apprit. Kelda l'aurait volontiers interrogé mais il était presque sourd, et elle renonça à crier ou à se répéter.

Dès le repas terminé, Yvette et Rémy disparurent, à la grande consternation de Kelda. Elle ne pouvait questionner personne et elle parcourut tous les endroits possibles sans trouver trace de leur présence. Fatiguée, inquiète, elle regagna sa cabine.

Mrs Gladwin serait furieuse d'une telle aventure, certes, mais Kelda se rassura en se persuadant qu'on ne souffre pas de ce que l'on ignore... Cependant, quand Yvette revint, après minuit, Kelda lui adressa quelques remontrances :

— Vous auriez pu, au moins, me dire que vous alliez vous éloigner !

— Mais je l'ignorais, Kelda ! M. Mancel m'a entraînée jusqu'à la salle de correspondance, où personne ne va jamais.

— Je n'ai pas eu l'idée de vous y chercher ! reconnut Kelda.

— Nous nous serions cachés, même de vous ! la taquina Yvette.

— Voyons, vous savez bien que vous ne devez pas faire ça ! gronda Kelda d'un ton peu convaincu, car elle voyait qu'Yvette ne l'écoutait pas.

Elle s'était assise au bord du lit de Kelda, si fraîche dans une robe de tulle corail qui découvrait un peu ses jolies épaules.

— Que je suis contente ! soupira-t-elle.

— Vous m'inquiétez ! répliqua Kelda.

— A quoi bon ! Je commence à supporter le voyage, vous le constatez ! J'estime même que le séjour à Dakar ne sera pas aussi déplaisant que je le redoutais, au moins ces trois prochains mois...

— Et si votre oncle ne vous permet pas de rencontrer M. Mancel ?

— Je vous comprends, Kelda, mais nous avons beaucoup parlé, et je peux vous assurer que c'est un jeune homme très convenable.

— Si vous dites vrai, quel soulagement pour moi !

— Son père est membre de la Chambre des députés. Rémy est décidé, lui aussi, à faire de la politique. Sa famille n'est pas d'origine aristocratique, comme la mienne, mais elle est riche et honorablement connue. (Après un silence, Yvette ajouta d'un ton vif :) Au moins, oncle David ne pourra pas accuser Rémy d'être un coureur de dot !

Kelda s'assit dans son lit en protestant :

— Yvette, vous ne songez quand même pas à l'épouser !

— Il ne me l'a pas encore demandé, mais il le fera ! Il est amoureux de moi, vous dis-je !... Il est, aussi, conscient de ce que représentent mon nom et ma famille. Je pourrai le servir, plus tard, dans ses ambitions politiques.

— Et vous pensez que c'est important pour lui ?

— Cela ne compte pas, s'il est réellement amoureux ! Et il l'est ! Ne vous y trompez pas, Kelda. Il l'est !

Kelda, désemparée, sentait qu'elle ne saurait être bon juge. Que savait-elle de l'amour ?

A chaque retour de vacances, Yvette lui parlait de ses flirts avec de charmants jeunes gens. Mais il s'agissait là de sentiments légers, superficiels, sans importance. Kelda avait l'impression que, cette fois, Yvette s'engageait plus sérieusement.

Elle refusa néanmoins de s'inquiéter : de telles amours, qui occupent le temps d'une traversée, ont la même réputation que les amours de vacances. On les oublie dès qu'on touche terre. Yvette, à Dakar, se montrerait sans doute ennuyée par les assiduités de Rémy Mancel, et s'occuperait d'un autre jeune homme.

Le livre qu'elle lisait dans son lit venait d'apprendre à Kelda qu'il y avait très peu de femmes européennes à Dakar. Yvette n'aurait que l'embarras du choix, entre des hommes captivés par l'élégance et la grâce de son allure qui leur rappellerait celle des Parisiennes.

— Rémy Mancel accepte ainsi divers postes, afin d'acquérir de l'expérience, reprit Yvette. Son père estime que cela lui sera utile dans sa future vie politique.

— Est-ce la raison de son voyage à Dakar ?

— Oui, il sera conseiller diplomatique auprès du gouverneur général. Il a déjà occupé une position semblable à Alger.

Kelda songea qu'elle aimerait évoquer des souvenirs d'Alger avec Rémy, mais celui-ci, trop occupé à faire la cour à Yvette, n'aurait sans doute aucune envie de s'entretenir avec elle.

— Pendant ce temps, reprenait la jeune fille, mes tantes, à Paris, complotent pour me marier avec quelque parti aristocratique ! On parle d'un jeune duc...

— Alors, Yvette ? Vous n'avez pas le droit de vous fiancer ainsi, ni de donner de l'espoir à M. Mancel, objecta Kelda.

— Vraiment ? Mais je vais vivre auprès de l'oncle David, n'est-ce pas ? Il n'est pas question de bals parisiens ni de rencontres avec des ducs !

— Votre oncle ne va pas vous garder toujours à Dakar ! Peut-être a-t-il des projets d'avenir pour vous, et veut-il vous voir pour vous en parler ! suggéra Kelda.

Elle se rendait compte, de plus en plus, qu'elle aurait dû empêcher Yvette de s'engager dans une histoire d'amour avec un jeune homme que ses parents ne connaissaient même pas.

Mais comment faire ?

Jour après jour, elle se retrouvait seule dans le salon, ou sur le pont, en compagnie du pasteur méthodiste et de sa femme. Aucun des autres passagers ne la jugeait digne de faire sa connaissance, et la raison en était la façon dont elle était habillée.

Elle portait toujours sa robe en coton gris, celle du pensionnat. Unique concession au froid,

Mrs Gladwin avait autorisé une cape noire qui la recouvrait entièrement. Sur sa tête, le petit bonnet noir qu'elle portait à l'orphelinat. La forme en était hideuse et dissimulait en partie son visage tandis que deux larges brides se nouaient sous son menton.

Des gants noirs, des bottines à élastique complétaient l'ensemble. Les effets de Kelda tenaient dans un petit sac si délabré que les porteurs et les stewards le contemplaient avec mépris.

Kelda, pourtant, ne perdait pas son temps à s'attendrir sur elle-même. Elle écoutait la mer, elle respirait la brise marine et, à la pensée qu'elle naviguait vers le soleil, un grand bonheur l'envahissait.

Depuis la mort de ses parents, elle vivait dans un univers sombre et hostile, où elle se repliait sur elle-même. A présent, elle s'épanouissait. La nourriture abondante et succulente qu'elle absorbait pour la première fois depuis huit ans contribuait également à son bien-être.

Et quel luxe de n'avoir pas à se lever à cinq heures, chaque matin, comme pendant les années d'orphelinat et de pensionnat !

— Je vais grossir, avoua-t-elle à Yvette, si je continue à manger autant et à ne rien faire ! Voilà des années que cela ne m'est pas arrivé !

— Moi, dit Yvette, j'ai l'impression que je n'aurai jamais plus envie de manger ! Et c'est une des raisons qui me prouvent que je suis peut-être vraiment amoureuse...

4

Le temps passait... Le bateau aborda le golfe de Gascogne et il devint évident qu'Yvette était réellement amoureuse.

Cela se devinait à la lumière de son regard, à l'éclat qui émanait d'elle lorsqu'elle se trouvait auprès de Rémy Mancel.

Kelda la suppliait de se montrer prudente et de ne pas trahir ainsi ses sentiments, mais ce fut en pure perte.

Une nuit, à une heure du matin, Yvette vint frapper à la porte de sa cabine.

— Je suis fiancée, Kelda ! lança-t-elle, rayonnante de bonheur. Rémy et moi, nous nous marierons à Pâques, à Paris !

Kelda soupira :

— Et si lord Orsett vous l'interdit ?

— Et pourquoi donc ? J'ai l'intention d'épouser un garçon qui sera un jour président du Conseil, en France ! Oncle David ne saurait dédaigner cela !

— Il sera peut-être furieux de ce que vous ayez pris une telle décision sans lui demander son avis ? Il peut ne pas approuver votre choix !

— Rémy compte bien suivre les traces de son père qui occupe une place importante dans le monde politique. Nous avons parlé, et il se trouve qu'il est plus riche encore que je ne le croyais.

Nous aurons une maison à Paris, un château en province... Oh ! Kelda ! Je suis si heureuse !

Elle s'exprimait d'une voix frémissante. Kelda ne put s'empêcher de l'embrasser :

— Moi aussi, je suis heureuse, ma chère, je vous assure ! J'ai seulement peur de la réaction de votre oncle !

— Je n'ai plus peur de lui ! Rémy m'a promis de veiller sur moi, de me protéger et de m'aimer jusqu'à la fin de nos jours. De quoi donc aurais-je peur ?

— En effet !... approuva Kelda.

Mais elle ne pouvait s'empêcher de s'inquiéter. Tout ce qu'elle savait de lord Orsett lui laissait augurer qu'il ne devait guère aimer que l'on prenne des décisions sans solliciter son approbation. Surtout sa nièce et pupille, qu'il connaissait si peu.

— Nous partirons pour Paris dès le début de l'année, ajoutait Yvette, je veux m'acheter un trousseau magnifique et, vous le verrez, cela prend du temps.

— Nous ? répéta Kelda.

— Vous viendrez avec moi. Vous savez bien que je ne peux pas me passer de vous ! Vous adorerez Paris, dès que vous le connaîtrez !

— Mais que diront vos parents ? s'effraya Kelda.

— Qu'importent mes parents, à présent ? C'est Rémy seul qui compte, et Rémy vous a beaucoup de reconnaissance pour la façon pleine de tact dont vous vous comportez.

Le jour suivant, à la fin de la matinée, Yvette quitta Rémy et rejoignit Kelda dans sa cabine, juste avant le déjeuner.

— Rémy vient d'avoir une idée que je trouve magnifique ! annonça-t-elle.

Kelda posa le livre qu'elle lisait.

— Quelle est cette idée ? demanda-t-elle en souriant.

— Il estime que vous devez changer votre apparence !

Kelda, stupéfaite, ne sut que répéter :
— Changer mon apparence ?
— J'ai expliqué à Rémy qui vous étiez et il a déjà entendu parler de votre père. Son titre de conférencier à la Société nationale de géographie l'a impressionné. La Société de géographie a, paraît-il, très bonne réputation en France.
Kelda se demandait ce qui allait suivre.
— Rémy est consterné par la façon horrible dont Mrs Gladwin vous a traitée, et par ces vêtements misérables qu'elle vous oblige à porter, continua Yvette. Nous aurons besoin de votre appui auprès de l'oncle David, et il faut que vous ayez l'aspect d'une personne dont l'opinion peut avoir du poids.
Kelda ne comprenait toujours pas où Yvette voulait en venir :
— Comment pourrais-je avoir pareille allure ?
— Selon Rémy, les gens comme oncle David attachent du prix aux apparences. Alors, il suggère quelque chose à quoi j'aurais dû penser depuis longtemps ! J'ai beaucoup de robes, vous n'avez qu'à les mettre, et vous aurez l'air d'une dame, ce que vous êtes, d'ailleurs !
Sans même réfléchir, Kelda, ébahie, protesta :
— Mais... Mais... C'est impossible !
— Et pourquoi ?
— Mais... ce sont vos vêtements à vous... Ils vous appartiennent... Et puis, que dirait Mrs Gladwin ?
Yvette éclata de rire :
— Mrs Gladwin est très loin et je me moque de ce qu'elle pourrait dire ! J'ai des quantités de vêtements et Rémy a raison : il faut que l'oncle David vous considère comme mon égale dès le premier coup d'œil. Sinon, il ne tiendra aucun compte de votre opinion !
— Je doute qu'il en tienne compte, de toute façon !

— Il est important de mettre les chances de notre côté, c'est du moins l'avis de Rémy. Après tout, on m'a envoyée à Dakar sous votre responsabilité !

— Même si j'ai meilleur aspect, objecta Kelda, n'est-il pas probable que Mrs Gladwin a pris soin d'expliquer à votre oncle qui j'étais et quelle position j'occupais dans son pensionnat ?

Yvette eut un sourire plein de malice :

— Je suis bien sûre qu'elle l'a fait ! Quand nous nous sommes quittées, vous vous souvenez peut-être qu'elle m'a confié une lettre pour oncle David ? Quel dommage qu'il ne la reçoive jamais !

— Quoi ?

— Je m'en vais la déchirer et en jeter les morceaux par mon hublot !

— Vous ne pouvez pas ! protesta Kelda. Il s'agit d'une lettre personnelle !

— Je suis certaine qu'elle est pleine de mensonges ! Je n'ai pas l'intention de la lire, ni de vous laisser la lire, cela ne servirait qu'à vous rendre malheureuse ! (Elle gagna sa cabine et, par la porte entrouverte, Kelda l'entendit fourrager dans ses tiroirs.) Je l'ai ! cria soudain Yvette. (Il y eut un bruit de papier qu'on déchire et Yvette revint, portant une corbeille à papier.) Je ne vais pas ouvrir mon hublot ce soir, mais je jetterai tout cela à la mer demain matin. Et personne, pas même les poissons, ne saura jamais ce que le Dragon a écrit sur vous.

Kelda la regardait, effarée :

— Oh ! Yvette ! Je suis sûre que ce n'est pas bien !

— C'est très bien, au contraire ! D'ailleurs, c'est l'avis de Rémy, et il n'y a pas à y revenir, n'est-ce pas ? A présent, Kelda, vous voilà libre, libérée de cette affreuse vieille femme, et de tous ces gens qui vous persécutent depuis la mort de vos parents.

Les larmes vinrent aux yeux de Kelda :

— Mon Dieu ! Je ne peux pas y croire !

Yvette la prit dans ses bras et l'embrassa :

— Je vous aime beaucoup, Kelda, vous le savez, et si je commence une nouvelle vie, il en sera de même pour vous. Nous serons très heureuses. Je vais me coucher, à présent et, demain, nous formerons des plans pour mon futur trousseau. Il faut qu'il soit sensationnel, ravissant, et qu'il tourne la tête de Rémy !

Le lendemain matin, quand Kelda sortit de son lit, vêtue de la longue chemise de calicot rêche imposée par Mrs Gladwin, Yvette entra dans sa cabine :

— Je pensais avec raison vous avoir entendue ! dit-elle. Moi, j'étais si excitée que je n'ai pas dormi. Venez voir, j'ai choisi des vêtements que vous porterez jusqu'à ce que nous puissions en acheter d'autres !

— Je suis sûre que je ne devrais pas... gémit Kelda.

Sans l'écouter, Yvette l'entraîna dans sa propre cabine. Elle y avait étalé des robes, des sous-vêtements, des chemises de nuit. Kelda ne savait comment exprimer ses remerciements.

— Vous ne devriez pas me donner tant de choses !

— J'en ai assez pour mes besoins immédiats ! Et j'ai déjà écrit à ma cousine, à Paris, qui a l'habitude de choisir mes toilettes, de m'envoyer des masses de robes, à Dakar.

— Mais vous en avez déjà tant acheté, à Londres !

— On ne trouve rien, à Londres, qui soit comparable aux modes de Paris, déclara Yvette. Tout de même, c'est une bonne chose, reconnaissez-le, que j'aie fait autant d'achats !

C'était vrai, sans doute. Kelda emporta les cadeaux d'Yvette. Elle pouvait à peine croire qu'après tant d'années elle allait recouvrer une apparence convenable.

Les deux jeunes filles étaient de la même taille, mais Kelda, à cause du régime de la pension et des innombrables travaux qu'on y exigeait d'elle, restait si menue qu'elle dut reprendre chaque robe pour l'adapter à sa silhouette. Toutes deux étaient admirablement proportionnées, avec de longues jambes, une poitrine menue et haute.

Quand Kelda fut enfin, pour la première fois de sa vie, revêtue de dessous et de bas de soie, quand elle porta une robe, exécutée rue de la Paix et qui avait coûté très cher, elle se sentit très intimidée à la perspective de quitter sa cabine.

— Jamais je n'oserai me montrer ainsi, confia-t-elle à Yvette ! J'ai peur ! Qu'est-ce que les gens vont en penser ?

— Tous ces vieux fossiles ne vous remarqueront même pas ! assura Yvette. Mais vous êtes très séduisante, Kelda chérie, et si Rémy vous préfère à moi, je vous tuerai !

Kelda se mit à rire :

— Je ne crois pas que ce sera nécessaire ! Oh ! Yvette... Je ne sais comment vous dire... que je vous remercie...

Sa voix se brisa, et les larmes lui vinrent aux yeux. Ce n'étaient pas seulement les vêtements élégants qui lui réchauffaient le cœur, mais après avoir été toutes ces années considérée comme une « enfant assistée » qu'on ne regardait pas, elle avait l'impression de redevenir elle-même, de retrouver son identité.

Yvette la secoua :

— Si vous pleurez, vous allez tout gâcher ! Or je veux que Rémy soit stupéfié par votre aspect ! D'abord, c'est son idée. Allez, venez ! il nous attend.

Plus intimidée encore, Kelda suivit Yvette jusqu'au petit salon où Rémy Mancel les attendait, en effet, Quand elle entra, elle vit les yeux du jeune homme s'écarquiller de stupeur.

Il s'écria :

— C'est magnifique ! Je vous félicite, Yvette, c'est juste ce que je souhaitais !

Kelda eut du mal à trouver ses mots :
— Je vous remercie beaucoup... l'un et l'autre... C'est si gentil à vous...
Rémy Mancel lui sourit :
— Asseyez-vous, nous avons deux choses à fêter. D'abord, mademoiselle Lawrence, nous allons célébrer nos fiançailles, à Yvette et à moi. Et puis, nous boirons à votre avenir à vous qui, je le sens, sera très différent de ce que vous espériez, lorsque vous êtes montée à bord.
— Si vous dites juste, ce sera grâce à vous, monsieur, répondit Kelda.
— Allons ! dit le jeune homme en souriant, j'en prends le pari, votre mariage suivra le nôtre !
Yvette battit des mains :
— Comme vous êtes clairvoyant, Rémy ! Moi aussi, j'en suis certaine, dès que nous serons à Paris, nous trouverons un mari pour ma chère Kelda, quelqu'un de riche et de distingué !
Rémy cligna de l'œil :
— Quelqu'un de séduisant, comme moi !
— Personne au monde n'est aussi merveilleux que vous, chéri ! affirma Yvette.
Quand elle leva son verre de champagne, Kelda songea qu'elle n'avait jamais vu des gens aussi heureux que les deux jeunes fiancés.
— C'est un conte de fées ! dit-elle à Yvette en s'habillant pour le dîner et en revêtant pour la circonstance une robe du soir qui lui semblait délicieuse.
— Mais oui, tout à fait ! approuva Yvette. Rémy est mon prince charmant et moi, à la fois sa princesse et votre marraine fée !
— Certes, approuva Kelda. Si j'étais Cendrillon, je pourrais aller au bal avec cette robe-là !
— Vous le ferez, bien entendu, Kelda, vous le ferez ! Quand nous serons à Paris, nous danserons tous les soirs. Rémy aime cela autant que moi, et il m'a assuré que son père donnera le plus magni-

fique des bals de la saison quand nous annoncerons nos fiançailles !

Tous trois se mirent à faire des plans d'avenir.

Tout le temps que le bateau longea la côte d'Afrique, Yvette le passa, quand elle n'était pas avec Rémy, à dresser la liste de ce qu'elle voulait acheter à Paris.

— Voyons, vous n'avez pas besoin de vingt ombrelles ! s'étonnait Kelda.

— Je me demande, au contraire, si cela suffira ! Il en faut une assortie à chaque tenue d'été, n'est-ce pas ? Et n'oubliez pas que ce sera l'été, juste après notre mariage !

Mais dès qu'elle était seule, Kelda s'inquiétait au sujet de lord Orsett.

Il ne lui semblait plus aussi terrifiant qu'au moment de son arrivée à bord. Alors, elle passait ses soirées à sangloter, en se souvenant des ultimes ordres de Mrs Gladwin : regagner l'école aussitôt que Sa Seigneurie n'aurait plus besoin d'elle.

Cependant, Kelda redoutait que lord Orsett ne jugeât Yvette trop jeune pour choisir elle-même son fiancé.

Yvette paraissait plus mûre que les autres filles de son âge, en raison de la vie mondaine qu'elle avait précocement menée à Paris, et aussi de sa grande intelligence. Mais elle n'avait pas encore dix-huit ans et Kelda, mal à son aise, redoutait la décision de lord Orsett.

Selon elle, il appartenait à ce type d'hommes peu enclins à s'occuper des particularités psychologiques de ceux qui les entourent. Pour lui, sans doute, comptaient uniquement les apparences et les conventions.

A son avis, Rémy Mancel partageait son opinion sur lord Orsett. Il avait trop de tact pour s'en expliquer, mais c'était la raison qui l'avait fait insister pour qu'elle change de tenue.

Elle lui en restait très reconnaissante, quelle qu'en fût la raison profonde. A présent, elle n'avait plus à serrer sa chevelure dans un ridicule petit chignon fixé sur la nuque, comme l'exigeait Mrs Gladwin. Elle se coiffait d'une façon plus souple, plus féminine et ressemblait davantage à sa mère.

Pour la première fois depuis huit ans, elle se sentait libre de se comporter comme elle le désirait. Elle pouvait parler comme une égale à Rémy et à Yvette. Ses années de misère s'estompaient. Elle redevenait la fille de ses parents.

Il lui semblait partager à nouveau avec eux l'une de leurs expéditions pleines de la gaieté et du bonheur d'être ensemble. Chaque soir, en récitant ses prières, elle remerciait Dieu de l'amitié d'Yvette et de la chance qui s'offrait à elle de pouvoir échapper à son destin sans avenir.

« Ô mon Dieu ! Faites que lord Orsett ne me renvoie pas en Angleterre avant que je trouve un autre moyen de gagner ma vie... Mon Dieu ! Faites que je puisse vraiment accompagner Yvette à Paris... Je vous en prie... »

Ce cri montait du fond de son âme, soir après soir, car elle n'arrivait pas tout à fait à croire à cette chance qui lui souriait après tant de malheur.

Elle priait aussi pour que l'amour de Rémy et d'Yvette ne rencontre pas d'obstacle. Cet amour ne cessait de grandir et les jeunes gens étaient devenus inséparables.

Rémy contemplait la jeune fille avec une admiration et une tendresse qu'il ne pouvait cacher. Quant à Yvette, Kelda la connaissait assez bien pour savoir que cet amour l'avait envahie jusqu'à l'âme.

« Ils ont de la chance d'avoir découvert ce que tout le monde désire, un amour complet, réciproque. Nul ne doit les séparer... »

A cette pensée, Kelda se sentait, telle une nouvelle Jeanne d'Arc, brandissant son étendard pour défendre une grande cause.

Ainsi, peu à peu se persuadait-elle que, bataille ou croisade, elle allait vraiment avoir à combattre.

5

Le bateau entra en rade de Dakar en début d'après-midi.

Il faisait très chaud, mais la brise marine faisait onduler les vagues et rafraîchissait l'air.

Pour Kelda, la douce chaleur du soleil semblait l'envelopper d'une caresse retrouvée et chasser bien loin le froid, l'obscurité, l'ennui des dernières années. Une vitalité neuve s'éveillait en elle.

Au moment de quitter le bateau, elle se sentait presque incapable d'affronter l'instant des adieux. Depuis qu'elle était montée à bord, sa vie avait changé. Elle répugnait à quitter cet endroit où, pour la première fois depuis si longtemps, elle s'était trouvée en sécurité.

Tous trois d'ailleurs étaient nerveux, car l'instant approchait où Yvette devait rencontrer son tuteur. Celle-ci tentait de faire bon visage, elle affirmait que lord Orsett ne l'effrayait plus, à présent qu'elle savait Rémy à ses côtés. Mais Rémy lui-même avait du mal à maîtriser son inquiétude.

Il représentait, certes, un excellent parti, mais enfin, Yvette appartenait à une famille aristocratique, et Rémy ne portait pas un nom illustre.

Qu'en penseraient ses parents, et surtout lord Orsett ?

Pour Kelda, la perspective de fouler le sol d'Afrique et de visiter un pays inconnu lui faisait regretter plus que jamais de ne pas avoir son père auprès d'elle.

La côte africaine lui avait paru monotone, mais quand ils aperçurent le quai, elle découvrit de grandes plages de sable blanc bordées de cocotiers. Et Dakar l'étonna : la ville était plus importante qu'elle ne l'avait supposé, avec de belles maisons entourées d'arbres.

Le commandant lui avait appris que Dakar possédait un port naturel très profond. Kelda regardait approcher la côte, quand Yvette et Rémy vinrent la rejoindre.

Ils contemplèrent la foule, sur le quai :

— Une voiture de Sa Seigneurie vous attend ! annonça Rémy.

Il désignait une élégante voiture découverte, protégée par une sorte de parasol carré, en coton blanc, bordé de franges.

Un cocher en livrée, plutôt insolite dans ce décor, la conduisait. Un valet de pied portant la même tenue essayait de distinguer celles qu'il devrait ramener au logis.

Yvette, soudain apeurée, réussit à demander :

— Mon... Mon oncle est avec eux ?

— Je ne peux pas voir, dit Rémy, mais cela ne lui ressemblerait guère, même s'il attendait des invités, de se déranger pour l'arrivée d'un paquebot !

Ces paroles rappelèrent à Kelda ce qu'on disait de lord Orsett, c'était un reclus. Pourtant, malgré son absence, il semblait rôder autour d'eux, gâchant l'ambiance joyeuse de leur dernière semaine de voyage.

Semaine heureuse, surtout pour Kelda. Les élégants vêtements d'Yvette ne transformaient pas uniquement son apparence. Ils atteignaient les fibres les plus profondes de sa personnalité.

Enfin, elle pouvait se montrer elle-même ! Elle pouvait dire ce qui lui venait à l'esprit, elle pouvait aborder n'importe quel sujet, plaisanter sans craindre une rebuffade. Cela lui insufflait une confiance en elle très neuve.

Grâce à l'affection d'Yvette, elle n'avait plus à redouter, à chaque instant, de perdre son emploi ou d'être rabrouée.

Le souvenir de son attitude humble et suppliante des années passées lui faisait honte. Comment aurait-elle pu agir autrement ? Mrs Gladwin, si puissante, pouvait à chaque instant la jeter à la rue sans références, sans appui, sans argent, sans un endroit où s'abriter !

Bien sûr, elle était intelligente et instruite, assez peut-être pour trouver un autre travail. Mais qui aurait voulu d'une « enfant assistée », toute seule au monde ?

A présent, tout avait changé : Yvette était son amie, elle lui avait permis de s'habiller comme sa mère aurait désiré la voir. A moins que leurs plans ne soient bouleversés, Rémy et Yvette l'aideraient. Elle ne serait plus seule au monde.

— Vous êtes si gentils pour moi, l'un et l'autre ! leur dit-elle, la veille au soir, alors que, pour la dernière fois, ils buvaient ensemble à leur avenir.

La voix de Kelda se brisa et Rémy lui sourit en affirmant :

— Nous ferons de notre mieux pour vous aider, Kelda, je vous le promets. Je vous suis très reconnaissant : vous avez fait beaucoup pour ma future femme.

— Vous savez combien je vous aime, Kelda, ajouta Yvette. Quand nous serons à Paris, Rémy veillera sur vous. Il a trois sœurs qui seront sûrement enchantées si vous enseignez l'anglais à leurs enfants.

Kelda luttait contre les larmes :

— C'est comme de voir la lumière... dit-elle, après des années et des années... passées dans le brouillard...

— Votre avenir sera désormais ensoleillé, assura

Rémy. Mais n'oublions pas que, demain, il vous faut affronter lord Orsett.

Le silence tomba entre les trois jeunes gens qui songeaient à ce que cette rencontre signifiait pour eux.

— Viendrez-vous avec nous ? demanda Yvette. J'aurais beaucoup moins peur de lui !

— Ce serait une erreur, estima Rémy. Il me trouverait par trop présomptueux, je crois, et il aurait raison. J'irai lui rendre visite dans les formes, le lendemain de votre arrivée. Ne lui dites pas que nous nous sommes fiancés, avant que je ne lui ai demandé moi-même la permission de vous faire la cour.

— Je vous obéirai, soupira Yvette, bouleversée.

Le bateau approchait du quai. Yvette serrait très fort le bras de Rémy.

— Il vaut mieux nous séparer et nous préparer à descendre à quai, conseilla Kelda. N'oubliez pas qu'il nous faut remercier ce couple qui est censé avoir veillé sur vous !

Yvette sourit :

— Nous les remercierons de ne pas l'avoir fait !

Elle adressa néanmoins un charmant petit discours, très respectueux, au pasteur et à sa femme, également enchantés. Puis, après des adieux passionnés à Rémy, elle alla s'installer dans sa cabine, avec Kelda, et elles attendirent.

On frappa à leur porte. Un homme âgé, fort élégant, se tenait sur le seuil. Il expliqua qu'il était envoyé par lord Orsett pour les conduire à la voiture qui les emmènerait chez leur hôte, et pour s'occuper de leurs bagages.

En gagnant le quai, Yvette jeta un dernier coup d'œil à Rémy. Puis, on les conduisit jusqu'à la voiture. Le valet de pied s'installa à l'arrière du véhicule et les chevaux s'élancèrent.

Tout en suivant des rues bordées d'arbres, Kelda

observa les passants et les jugea différents de ceux qu'elle avait pu voir dans d'autres pays exotiques.

Ce qui la frappa d'abord, ce fut l'étonnant mélange de couleurs éclatantes qu'offraient les amples boubous des femmes indigènes.

Les bleus, les pourpres, les verts, les roses rivalisaient d'éclat et les femmes ressemblaient à des fleurs vivantes, avec leurs têtes drapées dans des turbans colorés.

Les hommes, très grands, très larges d'épaules, marchaient avec une grâce athlétique et presque animale. Ils ne lui rappelaient aucun type humain rencontré lors de ses précédents voyages avec ses parents.

« Papa saurait m'expliquer d'où ils viennent, quelles sont leurs origines ou leurs tribus... » pensa Kelda. Lord Orsett serait-il capable de répondre à ce genre de questions ?

Ils s'éloignaient à présent des quartiers habités et suivaient ce qui ne semblait rien de plus qu'un sentier poussiéreux, avec la mer à leur gauche.

Bientôt, par ce chemin, ils atteignirent le haut des falaises plongeant dans l'océan.

Et tout à coup Kelda découvrit un véritable monument. Une mosquée, peut-être ? Ou quelque palais gouvernemental ?

Des arbres l'entouraient, sauf du côté de la mer. Lorsque les jeunes filles atteignirent d'imposantes grilles en fer forgé, surmontées d'ornements dorés, Kelda comprit qu'elles venaient d'arriver à la résidence qu'Yvette appelait le « palais » de son oncle.

Le « palais » en question, éclatant de blancheur sous le soleil, rappelait un peu les demeures de l'époque des rois George, en Angleterre, avec une touche orientale et exotique. D'immenses buissons d'hibiscus pourpres entouraient la maison de si près qu'elle semblait comme cernée par des flammes.

— C'est superbe ! s'exclama Kelda.

— J'ai peur ! chuchota Yvette.

— Il ne faut pas ! conseilla Kelda, affectant une confiance qu'elle était loin d'éprouver. Votre oncle, au moins, apprécie la beauté, nous le savons à présent !

Yvette ne parut pas très rassurée par cette affirmation mais, à cet instant, la voiture s'arrêtait devant un perron aux marches garnies d'un tapis rouge. Des serviteurs, portant une livrée blanche frappée, en rouge, aux armes de lord Orsett, apparurent sur le seuil.

Yvette descendit lentement, suivie de Kelda.

Celle-ci se sentait tout particulièrement heureuse de ne pas porter les misérables vêtements alloués par Mrs Gladwin. Elle avait choisi, parmi la garde-robe mise à sa disposition, une robe vert pâle qui la rendait très jeune et très printanière.

Un petit chapeau garni de roses blanches et de feuilles au vert assorti à sa robe complétait la tenue de Kelda, formant ainsi un parfait contraste avec Yvette, qui était en rose, la couleur que Rémy préférait pour elle.

La robe d'Yvette était d'une grande élégance, car la jeune fille désirait se montrer sous son meilleur jour. Son chapeau s'ornait de roses roses, ainsi que l'ombrelle qui l'abritait.

— Vous êtes exquise, chérie ! la complimenta Kelda.

Comment lord Orsett pourrait-il rester insensible à tant de beauté et de grâce, chez sa nièce et pupille ?

Un serviteur, qui semblait diriger les autres, les invita, en français, à le suivre, et les précéda dans un hall.

Comme dans les vastes maisons bâties dans des régions tropicales, les portes qui se faisaient face restaient ouvertes, pour laisser circuler un peu d'air et de fraîcheur. Par certaines d'entre elles, on pouvait apercevoir le bleu de la mer. La demeure de lord Orsett, du haut de la falaise, devait jouir d'une vue extraordinaire.

En cet instant, pourtant, Kelda ne songeait guère à s'intéresser au décor. L'imminence de sa rencontre avec leur hôte éclipsait toute autre préoccupation.

Un serviteur s'effaça sur le seuil d'une pièce qui parut immense à Kelda. Six grandes fenêtres l'éclairaient, donnant sur la terrasse.

Les stores à demi baissés tamisaient le soleil. Il régnait là une atmosphère fraîche et paisible, assez sombre, et l'on ne pouvait, à première vue, distinguer la personne qui devait s'y trouver. Enfin, un homme se leva pour les saluer, et elle devina qu'il s'agissait de lord Orsett.

Yvette se dirigea vers lui et Kelda, qui la suivit, examina avec surprise le tuteur de son amie. Il ne ressemblait guère à l'homme qu'elle avait imaginé.

A la façon dont Yvette parlait de lui, elle le croyait âgé de cinquante ans au moins, mais il était beaucoup plus jeune, et aussi athlétique que les indigènes côtoyés dans les rues de Dakar.

Très grand, large d'épaules, les hanches minces, élégant dans un costume blanc, sa personne dégageait une impression de force et de puissance. Kelda vit enfin son visage en pleine lumière, quand il se tourna vers Yvette, et elle en fut non moins surprise.

Il avait des traits fins et réguliers, aristocratiques et très anglais, d'un dessin si ferme qu'ils trahissaient une volonté certainement difficile à faire plier. Son regard dénotait un certain cynisme et une force de caractère peu commune.

Il inspectait Yvette avec détachement, sans l'ombre d'un élan affectueux. Kelda s'en rendit compte et frissonna d'appréhension.

« Il la détaille à peu près comme s'il s'agissait d'un cheval de course, pensa-t-elle. Ce n'est pas naturel, et c'est bien déplaisant ! »

— Bienvenue à Dakar, Yvette, dit enfin lord Orsett d'une voix froide, neutre. J'espère que vous avez fait bon voyage.

Yvette le salua :

— Très agréable, je vous remercie, oncle David. Puis-je vous présenter Kelda Lawrence, l'amie qui m'a accompagnée ?

Lord Orsett fixa son attention sur Kelda. A son tour, elle le salua, et trouva difficile de soutenir son regard inquisiteur.

— Une amie ? répéta-t-il. J'avais demandé à la directrice de votre école de vous faire escorter par un de vos professeurs !

— Elles ont toutes refusé de venir en Afrique.

Yvette marqua une petite pause pour mieux souligner le dernier mot et Kelda craignit un instant qu'elle n'ajoutât : « Dans un tel pays perdu ! » Mais la jeune fille s'en abstint.

— Ainsi, dit lord Orsett, miss Lawrence s'est montrée plus obligeante ?

Il ne disait pas cela comme un compliment, mais Kelda répondit :

— Ce fut un plaisir, milord.

Yvette, consciente du regard désapprobateur de son oncle, reprit vivement :

— Kelda a l'habitude de voyager, oncle David. Elle est la fille de Philip Lawrence, l'archéologue, et elle a visité bien des pays de son vivant.

— Vraiment ?

L'information ne parut pas intéresser lord Orsett. Il n'approuvait pas qu'on eût laissé voyager Yvette avec une personne aussi jeune, et il ne faisait rien pour le dissimuler.

— Je vais vous offrir quelques rafraîchissements, dit-il. C'est l'heure la plus chaude de la journée. Beaucoup de gens prennent ce prétexte pour faire la sieste.

Sa façon méprisante de prononcer ce mot donnait à entendre qu'il ne se laissait pas aller à une telle faiblesse. Ni Yvette ni Kelda n'eurent le temps de répondre, car la porte s'ouvrit devant des serviteurs portant un immense plateau, garni de boissons fraîches et de toutes sortes de pâtisseries délicieuses.

Elles s'installèrent sur un sofa confortable, entourées de beaux fauteuils et de meubles anciens bien entretenus. En regardant autour d'elle, Kelda put se convaincre que lord Orsett tenait autant au confort qu'à la beauté. On ne pouvait trouver décor plus magnifique, même dans les plus élégantes demeures européennes.

La pièce contenait nombre d'œuvres d'art, dont certains masques dus sans aucun doute à l'artisanat indigène. Kelda toutefois ne pouvait s'intéresser qu'à son hôte.

Il était assis en face d'elles, très détendu, et il émanait de tout son être le rayonnement d'une personnalité forte et tyrannique. Kelda ne put s'empêcher, à nouveau, d'avoir peur.

Et pourquoi ?... Peut-être cet homme possédait-il une puissance telle qu'on devait s'y soumettre, comme à l'attraction d'un irrésistible aimant ?

— Que pensez-vous de lui, Kelda ? demanda Yvette, un peu plus tard, quand on leur eut montré leurs chambres.

— Il est effrayant !

Kelda aurait bien voulu rattraper ces mots. A quoi bon épouvanter Yvette ?

— Ah ! Vous êtes de mon avis ! soupira la jeune Française. Oui, il est effrayant ! Oh ! Kelda ! Comment pourrai-je jamais lui annoncer que je suis fiancée à Rémy ?

— Ne dites rien, jusqu'à la visite de Rémy, conseilla Kelda. Demain...

— Oui, reconnut Yvette, vous avez raison, je crois ! Il me semble que si je m'opposais ce soir à lui, il m'écraserait sous son pied, comme un misérable insecte !

Kelda se garda de l'approuver, mais elle pensait de même. Yvette et elle lui semblaient insignifiantes. Elles étaient en Afrique, loin de tout secours et, si lord Orsett le désirait, il pouvait les garder prisonnières dans sa superbe maison.

Puis Kelda décida de se calmer et de ne montrer à aucun prix son effroi à sa jeune compagne.

Elle alla jusqu'à la fenêtre, et contempla la vue qui s'offrait à elle. L'Atlantique, d'un bleu céleste, se perdait à l'horizon dans une brume légère. Sur la gauche, elle aperçut la petite île de Gorée, et, plus loin, le rivage : de longues plages de sable bordées d'arbres verts et ondoyants.

Des pêcheurs sillonnaient la mer dans leurs pirogues frêles et gracieuses. Kelda se demanda si elle aurait jamais le plaisir de monter dans l'une de ces fragiles embarcations.

Cependant, derrière elle, assise sur un lit vaste et luxueux, Yvette parlait. Kelda abandonna la fenêtre.

— Vous ne m'aviez pas dit, Yvette, que votre oncle était jeune. Je m'attendais à rencontrer un homme plus âgé, assez vieux, au moins, pour être votre père !

— Il est bien assez vieux comme cela !

— Quel âge a-t-il ?

— Trente-six ans, je pense, ou trente-sept ! A vrai dire, il me paraît assez âgé !

Kelda sourit :

— Il ne serait pas très content de vous entendre le juger ainsi !

Yvette répliqua avec vivacité :

— Il ne se soucie pas le moins du monde de ce que je pense ou de ce que je peux ressentir ! Vous avez pu le juger ! Complètement imbu de lui-même ! Rémy m'a révélé que les jeunes gens, à Dakar, ne l'aiment pas, tant il les traite avec condescendance ! Il ne s'est lié d'amitié qu'avec le gouverneur général.

— Il est très capable aussi de se montrer condescendant à son égard ! plaisanta Kelda. Je me demande pourquoi il a choisi de séjourner ici, alors qu'il est anglais. Après tout, le Sénégal est une colonie française !

— Ma tante était française, elle aussi, n'est-ce pas ? Il préfère peut-être les Français ! Bien des gens sont ainsi, vous savez !

Yvette et Kelda, très fières de leurs pays respectifs, se taquinaient souvent.

— Nous devrions défiler, chacune brandissant son drapeau ! disait Kelda, et elles en riaient.

Cette fois, Kelda cherchait pourquoi lord Orsett avait choisi de vivre loin de chez lui.

Il possédait sans nul doute, en Angleterre, des maisons et des domaines. Pourquoi dépensait-il son temps et sa fortune à Dakar ?

Il y avait là un mystère qu'elle n'espérait guère tirer un jour au clair.

— Ne devrions-nous pas descendre et tenir compagnie à oncle David ? demanda Yvette.

— Ce serait plus poli, sans doute... J'aimerais bien aussi visiter le reste de la maison. Il fait assez frais, à présent, pour s'installer sur la terrasse et regarder la mer.

— Je déteste la mer ! déclara Yvette. Je voudrais, en regardant par la fenêtre, apercevoir les toits de Paris ! Je voudrais aller danser avec Rémy, et bavarder avec des gens pleins de joie de vivre. Ce n'est pas ce qui distingue oncle David, vous avez pu vous en rendre compte !

— Mais pourquoi vit-il ici ?

— Lui seul pourrait répondre à cette question ! Et encore, je ne lui ferais pas confiance !

— Descendons toujours ! proposa Kelda.

Dans le hall, le serviteur qui les avait accueillies leur apprit que lord Orsett le mettait à leur disposition pour leur faire visiter sa demeure. Ensuite, le thé les attendrait sur la terrasse.

Ce leur fut un véritable soulagement de pouvoir se promener hors de la présence intimidante de leur hôte. Kelda se conforta, lors de cette visite, dans l'idée qu'elle avait eu raison d'attribuer beaucoup de goût à lord Orsett.

Il avait su mêler avec un bonheur rare les meubles apportés d'Europe et les productions locales, en bois ou en métal. Beaucoup de bibelots, d'objets précieux sollicitaient l'attention de la jeune fille, mais Yvette, inquiète, manifesta son impatience. Enfin, elles se retrouvèrent sur la terrasse.

Là, plusieurs serviteurs s'apprêtèrent à leur servir un thé à l'anglaise.

— Croyez-vous qu'oncle David reçoive des invités ? interrogea Yvette. Il y a tant de chambres inoccupées !

— Vous m'avez dit qu'il vivait comme un reclus, objecta Kelda.

— C'est ce qu'on prétend à Paris. Rémy, lui, assure qu'il ne se montre nulle part, sauf à quelques grands dîners chez le gouverneur général.

— Que fait-il, pendant tout ce temps dont il dispose ?

Yvette haussa les épaules :

— Oh ! Je n'en sais rien ! J'imagine qu'il reste là, au fond de cette immense maison, à détester tout le monde ! Il pratique sans doute quelque sorcellerie de son invention ! (Kelda ne répondant pas, Yvette ajouta :) Vous ne vous souvenez pas que je voulais user moi-même de magie noire ? Je commence à me demander si cela ne pourrait pas arranger les choses !

— J'espère bien que vous n'en arriverez pas là !

Kelda, pourtant, estimait que lord Orsett était un homme bien mystérieux.

Comme Yvette et elle-même se trouvaient isolées dans cette vaste demeure ! Elles pourraient y rester cloîtrées, perdues, sans qu'on puisse leur venir en aide... Et tous ces serviteurs, à la solde de lord

Orsett ! On ne parvenait pas à les reconnaître les uns des autres et ils composaient, sans doute, une véritable armée.

Kelda se redressa, sourit et se reprocha son effroi : comment pouvait-elle se laisser aller à des craintes aussi ridicules !

6

Le thé était achevé depuis longtemps sans que les deux jeunes filles aient aperçu lord Orsett. Le serviteur apparut et leur annonça que leurs bagages étaient arrivés et défaits. Le dîner aurait lieu à huit heures.

Yvette se contenta d'approuver d'un signe de tête, mais Kelda demanda :

— Où retrouverons-nous Sa Seigneurie, avant le dîner ?

— Je vous attendrai au bas des escaliers, mam'selle, pour vous conduire là où Sa Seigneurie désirera vous recevoir.

— Merci ! dit Kelda, et les deux jeunes filles remontèrent dans leurs chambres.

La saison n'était pas encore avancée et l'obscurité qui tombait vers cinq heures du soir s'accompagnait d'une fraîcheur surprenante.

Ellcs avaient célébré Noël en haute mer, le personnel du paquebot faisant de son mieux pour créer une ambiance de fête. Il y avait eu des cadeaux pour tous, distribués par un père Noël portant la classique houppelande rouge. Malgré cela, la plupart des passagers étaient trop vieux ou trop ennuyeux pour savoir s'amuser.

Cependant, Kelda apprécia cette petite fête, tandis que Rémy et Yvette étaient trop occupés l'un de l'autre pour s'intéresser au monde extérieur.

L'orchestre du bord avait donné un concert dans la chapelle et, plus tard, un bal dans les salons.

A présent, sous le soleil de Dakar, Kelda avait du mal à s'imaginer une Angleterre encore plongée dans le froid et les brumes de l'hiver. A l'école, elle frissonnerait dans sa mansarde, soir après soir, parce que Mrs Gladwin ne lui fournissait pas assez de couvertures...

Dans leurs chambres, elles trouvèrent des servantes occupées à ranger leurs toilettes. C'étaient des jeunes filles du pays. Elles portaient le même uniforme en coton que les soubrettes anglaises, mais elle avaient gardé leurs turbans rouges pour faire pendant aux armoiries de la même couleur portées par les hommes.

— Sa Seigneurie aime les couleurs ! remarqua Kelda, quand elles furent seules.

— Pourquoi dites-vous cela ?

— Toutes les tenues de ses serviteurs ont des teintes vives. Et il y a beaucoup de touches éclatantes dans les pièces que nous avons visitées.

— Et alors ? demanda Yvette. Suggérez-vous que je dois me peindre le visage aux nuances de l'arc-en-ciel ?

— Non, tout de même ! sourit Kelda, mais vous devriez porter l'une de vos plus jolies robes, il faut nous efforcer de faire bonne impression sur lui.

— Je mettrai celle en tulle cerise, que Rémy aime beaucoup.

— Dans ce cas, je porterai celle en chiffon bleu que vous m'avez donnée.

— Mais croyez-vous qu'elle soit assez élégante pour convenir à Sa Seigneurie ? plaisanta Yvette.

— C'est vous qui comptez ! Pour ma part, je suis si fière de moi dans les jolis vêtements que vous m'avez offerts que peu m'importe l'avis de Sa Seigneurie !

— Je voudrais pouvoir en dire autant ! (Yvette soupira et reprit :) Vous vous rendez compte, Kelda, que je me sentirais très malheureuse si je n'avais pas rencontré Rémy ? Je me retrouverais clouée ici pour des années, sans personne à qui parler !

— Il y a sans doute des Européens qui vivent à Dakar !

— Des hommes, seulement, et Rémy prétend qu'oncle David n'a jamais invité chez lui quelqu'un de jeune ! Rémy est venu ici deux fois pour escorter le gouverneur général qui rendait visite à mon oncle pour une raison ou une autre, c'est tout.

Kelda ne répondit pas, mais elle comprenait Yvette. Comment en effet supporter une vie pareille, après le mouvement et la gaieté de son existence parisienne ?

Quand elle se fut habillée pour le dîner, elle resta un moment près de sa fenêtre, à contempler les vagues dansantes sous l'argent des rayons de lune. Le ciel, d'un bleu sombre et profond, étincelait d'étoiles. Si elle pouvait, au moins, rester quelque temps à Dakar...

Pour elle, il ne s'agissait pas de s'enfuir vers Paris et ses réceptions, mais d'éviter le froid, les humiliations, le dur travail de l'école.

Elle eut un élan de gratitude en songeant qu'elle jouissait quand même de ces quelques jours de détente et de lumière, après tant d'années misérables. Quel que fût son destin, elle appréciait ce répit.

Elles descendirent ensemble. Le serviteur les attendait, comme prévu, au bas des marches, et il les conduisit, le long d'un couloir, dans une pièce qu'elles n'avaient pas encore visitée : vaste, éclairée par de nombreuses fenêtres, elle donnait à la fois sur la mer et sur de grands arbres plongés dans la nuit.

Kelda n'attacha d'importance qu'à la pièce elle-même. Des rayons de livres couvraient les murs. Des livres encore encombraient deux longues tables, et s'empilaient même sur le plancher.

Lord Orsett dit à Yvette :

— J'ai pensé qu'il vous plairait peut-être de découvrir mon repaire, l'endroit où je passe presque tout mon temps !

— Vraiment ? dit Yvette. Pourquoi ?

— Parce que c'est ici que je travaille.

— Quel travail y faites-vous donc ?

— J'écris une histoire des tribus d'Afrique occidentale.

Kelda poussa une petite exclamation involontaire. Lord Orsett se tourna vers elle :

— Cela vous étonne, miss Lawrence ?

— Cela m'intéresse beaucoup, milord ! A la vue des sculptures que vous possédez, j'ai eu envie d'en savoir davantage sur elles. Je suis bien sûre que les légendes africaines sont fascinantes !

Lord Orsett sembla surpris. Il demanda à Yvette, d'un ton plutôt sec :

— Et vous, Yvette, cela vous intéresse-t-il aussi ?

— Le présent m'intéresse plus que le passé. Si j'avais à écrire une histoire, sachez que la seule qui me toucherait serait celle de Paris.

Elle s'exprimait de façon provocante. Lord Orsett ne l'ignora pas, et il fronça les sourcils : Kelda comprit qu'Yvette venait de lui déplaire. Mais il se contenta de proposer :

— Désirez-vous prendre quelque chose ? Puisque vous avez un tel penchant pour Paris, je puis vous offrir du champagne.

— Merci, dit Yvette. Depuis quand n'êtes-vous pas allé à Paris, oncle David ?

— Depuis bien longtemps, et c'est une ville où je n'ai pas l'intention de retourner. Jamais !

— Comment pouvez-vous dire cela ? protesta Yvette. C'est la ville la plus merveilleuse qui existe au monde !

— Vous en connaissez beaucoup ? demanda-t-il d'un ton moqueur.

— Assez pour savoir où j'ai envie de vivre !

Lord Orsett ne répondit pas. Kelda, qui l'observait, remarqua la dureté de son regard et le pli obstiné de sa bouche.

« Yvette ne devrait pas le défier ainsi ! » pensa-t-elle.

Comme elle tenait par-dessus tout à jouer un rôle conciliateur, elle demanda :

— Tous les livres qui sont ici traitent-ils de l'Afrique ?

— La plupart d'entre eux, reconnut lord Orsett.

— Alors, j'espère que vous me permettrez d'en lire quelques-uns, qui m'apprendront ce que je désire savoir. Cela m'évitera de vous accabler de questions !

— Beaucoup d'entre eux sont écrits en français, dit-il d'une voix qui n'exprimait rien de ses sentiments.

— Je lis assez bien le français.

Elle se rendit compte qu'il ne la croyait pas, mais il répondit avec courtoisie :

— Dans ce cas, je vous trouverai quelques volumes traitant des sujets qui vous intéressent.

Ce fut un soulagement quand on annonça le dîner. Il fut servi dans une salle où aurait pu tenir une centaine d'invités. Le repas fut original et délicieux. Kelda, qui redoutait l'agressivité d'Yvette, fit tout son possible pour entretenir la conversation. Elle s'enquit des mets que l'on servait. Lord Orsett lui apprit le nom des poissons et des petites tomates fermes et parfumées que l'on produisait près de la ville.

Yvette s'ennuyait. Quand ils se retrouvèrent dans un salon qu'elles connaissaient déjà, elle bâilla plusieurs fois et Kelda se demanda si elles ne feraient pas mieux de se retirer pour la nuit.

Cependant, un verre de brandy à la main, lord Orsett s'assit en face d'elles. Un silence étrange s'établit. Kelda devina, d'instinct, qu'il allait dire quelque chose d'important.

— Vous avez dû vous demander, Yvette, pourquoi je vous ai fait venir ici, alors que je me doutais bien que vous souhaitiez retourner à Paris, pour y vivre auprès de vos oncles et tantes français, commença-t-il.

— Je ne vous cacherai pas, oncle David, que j'ai trouvé cela un peu étrange, en effet ! Et, pour parler franchement, j'étais furieuse !

— Oui, cela ne me surprend pas. A présent, je vais vous expliquer pourquoi j'ai souhaité votre présence à Dakar.

Il l'observait tout en parlant, et Kelda eut à nouveau cette impression déplaisante qu'il l'examinait comme on le fait d'un animal que l'on va acheter. Oui ! Il la détaillait, de sa ravissante chevelure sombre à ses jolis petits pieds avec une complaisance de maquignon.

— La vérité, Yvette, c'est que vous êtes venue ici pour vous marier... poursuivit-il.

— Me marier !

Yvette chuchota presque ces mots, mais Kelda crut entendre un cri déchirant qui éveillait les échos de la pièce.

— Oui, vous marier, répéta lord Orsett. Laissez-moi vous expliquer pourquoi.

Il s'installa plus confortablement dans son fauteuil, feignant de ne pas apercevoir les yeux des jeunes filles, tournés vers lui, pleins d'une curiosité terrifiée.

— Je vis ici depuis quelques années, commença-t-il, et je m'intéresse beaucoup au problème qu'y rencontrent les efforts colonisateurs de la France. Il ne ressemble à aucun de ceux qu'on connaît dans les autres points de son empire. (Il s'interrompit, comme s'il attendait leurs questions. Elles ne vinrent pas, et il reprit :) Le Sénégal est, à présent, la principale base française en Afrique occidentale. C'est ici que la France doit faire porter ses efforts civilisateurs.

Yvette réussit enfin à demander:

— Et... en quoi est-ce que cela me regarde ?

— C'est ce que j'essaie de vous expliquer! J'ai souvent parlé de ce problème avec le gouverneur général, un homme remarquablement intelligent, et avec d'autres hauts fonctionnaires français qui sont venus de France, ces dernières années. Ce qu'ils désirent surtout, c'est créer une société blanche à Dakar et à Saint-Louis. (Il regarda Kelda:) Vous semblez vous intéresser à l'Afrique occidentale. Peut-être pouvez-vous comprendre les problèmes que pose à la colonie l'absence presque totale de femmes européennes ?

— Je... Je comprends que... c'est un problème en effet! répondit Kelda, interloquée. En même temps... je ne suis pas du tout au courant...

— Je vais vous donner quelques précisions. Vous comprendrez, je pense, qu'au bout d'un moment les Français qui vivent ici finissent par prendre des Africaines pour maîtresses ou pour femmes ?

Yvette parut très choquée, mais elle ne dit rien et lord Orsett continua:

— Ces épouses de commerçants européens ont une sorte de statut social. Souvent, leurs conjoints les installent dans leur commerce et, quand ils quittent la contrée, ce commerce devient la propriété de la femme et des enfants s'il y en a.

— Cela me semble... normal! murmura Kelda, qui ne savait trop que dire, tout en devinant que lord Orsett attendait une réponse.

Elle voulait surtout détourner son attention d'Yvette, qui était devenue très pâle et dont les doigts se crispaient au creux de ses genoux.

— Les Français ont décidé qu'une telle situation n'était pas satisfaisante. Ils veulent faire de Dakar un port important. Il faut que des femmes européennes se décident à venir vivre ici. Leur présence transformera le caractère de la société.

Kelda, qu'il regardait toujours, murmura:

— Je... Je peux comprendre cela...

— En ce moment, il ne doit pas y avoir beaucoup plus de cent femmes blanches dans tout Dakar. L'administration française va faire des efforts afin que ses employés et fonctionnaires viennent ici, désormais, avec leurs épouses. D'autres femmes, alors, se résoudront à rejoindre leurs propres maris.

Il attendit un instant mais, cette fois, Kelda resta sans voix. Imperturbable, il reprit :

— Beaucoup de gens sont décidés à tenter cette expérience. Le gouverneur général lui-même est prêt à donner l'exemple et beaucoup de hauts fonctionnaires suivront.

Dans le silence qui suivit, Kelda finit par demander :

— Et... comment fera-t-il ?

— Le gouverneur général est veuf depuis quelques années, et il a l'intention de se remarier. (Et, tournant la tête vers Yvette, il ajouta :) Je lui ai donné l'autorisation de vous adresser sa demande, Yvette, et il viendra vous voir demain.

Yvette en resta muette, comme paralysée d'effroi ; mais Kelda parla à sa place :

— Le gouverneur général est sûrement... un vieil homme !

— Il doit avoir entre cinquante et soixante ans, mais il est jeune par le cœur, il est en bonne santé et très athlétique. Ma nièce aura non seulement une position de première importance mais encore elle donnera un exemple qui sera célèbre dans toute la France.

— Voulez-vous... vraiment... me faire épouser ce vieil homme !... Et m'obliger à vivre... dans un endroit sauvage... éloigné de tout ? bégaya Yvette.

Sous le coup de l'émotion, elle avait du mal à s'exprimer d'une façon cohérente.

— Vous vous ferez une autre idée de Dakar quand vous y aurez vécu quelque temps, répliqua lord Orsett, impassible. Et je vous assure que nombre de femmes seraient ravies d'épouser un homme aussi distingué que mon ami.

— Dans ce cas, faites-leur votre proposition ! cria Yvette, d'une voix qui prenait des résonances presque hystériques. Je n'ai aucune intention d'épouser un vieux gouverneur général, ni de rester à Dakar... Et vous ne pourrez jamais m'y obliger !

Elle se leva d'un bond et fit face à son oncle. Son corps tremblait de colère et de chagrin.

— Sur ce point, vous vous trompez ! dit lord Orsett d'une voix calme. Je peux vous contraindre à faire ce que je veux, et je le ferai. Je suis votre tuteur et vous dépendez de moi jusqu'à votre majorité.

— Si vous croyez que, grâce à ça, vous pouvez m'obliger à épouser un homme assez vieux pour être mon père, un homme que je n'ai jamais vu, vous vous trompez, vous aussi ! (Yvette s'arrêta et reprit son souffle avant d'annoncer :) En fait, je voulais vous dire... demain... que je suis fiancée. Fiancée à Rémy Mancel et je n'épouserai personne d'autre que lui !

La voix d'Yvette résonna comme si la mention du nom de Rémy lui donnait du courage. Elle regarda lord Orsett avec des yeux flamboyants de défi.

— Et qui est ce Rémy Mancel ? demanda lord Orsett.

— Il se trouve qu'il est conseiller diplomatique de votre précieux gouverneur général ! Quand vous le verrez, vous comprendrez qu'il sera pour moi un mari convenable et un peu plus qu'un homme qui a déjà un pied dans la tombe !

— Ce sera à moi, s'il vous plaît, de décider s'il vous convient ou non ! Où l'avez-vous rencontré ?

— Sur le bateau.

— Le flirt d'une traversée ! Cela s'oublie aisément !

Lord Orsett parlait d'un ton méprisant. Kelda se

souvint qu'elle avait pensé la même chose, lors de la rencontre de Rémy et d'Yvette.

— Vous vous méprenez, dit Yvette, en martelant ses mots ! J'aime Rémy de toute mon âme et il m'aime aussi.

— Bien entendu, vous êtes persuadée que votre fortune, plutôt considérable, vous le savez, n'entre pour rien dans les sentiments de ce monsieur ?

— Je m'attendais à cette réflexion ! Rémy est le fils d'un homme très riche, qui est aussi membre de la Chambre des députés. Demain, il vous exposera tout cela, vous pourrez en juger par vous-même !

— Il n'a pas besoin de perdre son temps !

— Ce qui signifie ?

— Si vous voulez vraiment le savoir, cela signifie que je n'ai pas l'intention de bouleverser mes plans. Vous épouserez le gouverneur général et nous ne parlerons plus des petits messieurs, probablement sans le sou, qui ont pu vous faire la cour ! Si votre compagne de voyage avait agi comme elle le devait, vous n'auriez d'ailleurs jamais noué de relations avec cet individu !

Yvette, furieuse, s'exclama :

— Vraiment ! Vous croyez pouvoir m'obliger à exécuter votre ridicule projet !

— J'en suis tout à fait certain ! répliqua lord Orsett. Vous êtes venue ici pour vous marier, vous vous marierez, dans les trois semaines qui viennent. Et ne vous y trompez pas ! Si ce Français sans intérêt dont vous avez, je crois, mentionné le nom, tente de vous voir, demain, ou n'importe quel autre jour, je m'arrangerai pour qu'il le regrette le restant de sa vie !

Yvette perdit son sang-froid :

— Comment osez-vous me parler ainsi ! Comment osez-vous me parler comme cela, à moi, une citoyenne française ! Vous n'avez aucun droit à la première place, dans ce pays ! Vous êtes fou, ou méchant, ou les deux à la fois, comme tout le monde l'affirme ! Si vous pensez pouvoir me donner des ordres ou me traiter comme l'une de vos servantes indigènes, vous vous trompez ! (Elle frappa du pied, en ajoutant :) Je vous hais, oncle David ! Je vous ai toujours haï ! Je me tuerai plutôt que de faire ce que vous avez suggéré !

Et, en criant ces derniers mots, Yvette se détourna et quitta la pièce en courant. Elle ne prit pas la peine de refermer la porte et l'on entendit le bruit de ses pas décroître en direction de l'escalier.

Kelda se leva et se disposa à suivre Yvette. La scène l'avait bouleversée. Lord Orsett, toujours installé dans son confortable fauteuil, l'arrêta :

— Vous n'avez rien à me dire, vous, miss Lawrence ?

Il s'exprimait d'un ton provocant, et Kelda le ressentit ainsi. Elle se tourna vers lui, sans pouvoir dissimuler son émotion :

— Vous dire quelque chose, milord ?

— Oui, je vous donne une occasion d'exprimer votre pensée ! dit lord Orsett, avec, sur ses lèvres, comme l'ombre d'un sourire insolent.

— Alors, je vais vous dire, en effet, ce que je pense. Ce que vous venez de faire ce soir est diabolique...

Il poussa une exclamation amusée, mais ne répliqua pas.

Kelda continua :

— C'est diabolique et c'est scandaleux. Aucun homme, quelle que soit sa richesse ou l'importance de sa position sociale, n'a le droit de se prendre pour Dieu lui-même !

Lord Orsett ne répondit rien. Il la regarda, avec une expression dure, et elle soutint ce regard.

Puis, sans ajouter un mot, elle se détourna et quitta la pièce, en laissant, elle aussi, la porte ouverte derrière elle.

7

En montant les escaliers, Kelda se rendit compte qu'elle tremblait et que son cœur tambourinait dans sa poitrine.

Yvette et elle venaient de traverser une épreuve brutale qui les laissait très éprouvées.

Comment lord Orsett avait-il pu concevoir un plan pareil, aussi diabolique, comme elle le lui avait reproché, pour y prendre au piège quelqu'un d'aussi candide, d'aussi charmant qu'Yvette ?

Il n'avait jamais accordé une pensée à sa nièce en tant que personne humaine, sensible et indépendante. Il l'avait traitée comme un pion sur un échiquier, comme un pantin dont on tire les ficelles, et cela rendait les choses pires encore.

A présent, tout ce qu'Yvette avait raconté à son sujet semblait à Kelda bien au-dessous de la réalité.

Arrivée en haut des escaliers, Kelda suivit le couloir jusqu'à sa chambre. Elle ne songeait plus qu'à ce qu'elle allait dire à Yvette et, surtout, à ce qu'elles pourraient tenter pour échapper à la tyrannie de lord Orsett.

Quand elle entra chez Yvette, elle la trouva, comme elle s'y attendait, allongée sur son lit, la face enfouie dans ses oreillers, en train de sangloter à perdre haleine.

Elle s'assit auprès d'elle. Yvette se retourna et se jeta dans ses bras :

— Sauvez-moi, Kelda ! Oh ! Sauvez-moi ! Vous le savez, vous, qu'il faut que j'épouse Rémy !

— Oui, je le sais, et c'est pourquoi vous devez vous arrêter de pleurer. Essayons de trouver ensemble un moyen d'échapper à la volonté impitoyable de votre oncle.

Kelda s'exprimait d'un ton si calme, si positif que les larmes d'Yvette cessèrent de couler. Elle regarda Kelda :

— Vous... Vous voulez dire que vous allez vraiment m'aider ? fit-elle, d'une voix brisée.

— Oui, je vais essayer. Mais il nous faut voir les choses en face. Voyez la situation, et quelle puissance détient votre oncle !

Yvette se redressa et s'assit :

— Je ne vous ai jamais vue comme cela auparavant, Kelda !

— Comment ? fit Kelda.

— Aussi déterminée, aussi brave ! Je vous croyais plus timide. Mrs Gladwin vous imposait tant d'humiliations !

— A présent, c'est pour vous que je vais lutter, pas pour moi. C'est tout à fait différent !

— Et vous croyez... que vous pourrez m'aider ?

Kelda sentit très bien le désespoir et le doute dans la voix d'Yvette, lorsqu'elle posa cette question.

— Vous n'ignorez pas que ce sera difficile ! répondit-elle. Mais il y a Rémy ! La première chose à faire, c'est de le prévenir.

— Comment ? Comment ? Vous l'avez entendu comme moi, s'il vient ici, oncle David l'insultera, et il ne me permettra jamais de le voir ou de recevoir une lettre de lui !

— Je l'imagine. Mais je suis certaine que Rémy n'acceptera pas de vous perdre. Vous, de votre côté, vous devez vous montrer, non seulement courageuse, mais aussi clairvoyante et adroite.

— Mais comment ? gémit Yvette. Dites-moi ce que je dois faire !

Kelda resta d'abord silencieuse, les yeux fixés machinalement sur un masque indigène suspendu au-dessus du lit.

Depuis qu'elle avait vu l'éclat des yeux d'Yvette et de Rémy, quand ils se contemplaient, à bord du paquebot, elle avait compris qu'ils s'aimaient et qu'il s'agissait là d'un amour véritable. Celui qui vient du cœur et de l'âme.

Oui ! Comment les aider ? Kelda cherchait avec intensité.

La colère l'assaillait dès qu'elle se remémorait les projets insensés de lord Orsett.

— A quoi pensez-vous ? demanda Yvette.

— Je pensais, dit Kelda, que si vous voulez épouser Rémy, il sera obligé de vous emmener loin d'ici, et vite !

— Vous croyez qu'il le pourra ?

— Il le faudra, sinon votre oncle tentera l'impossible pour vous forcer à épouser le gouverneur général !

Yvette poussa un cri d'horreur :

— Autant me tuer tout de suite qu'épouser quelqu'un d'autre que Rémy ! Rien qu'à entendre évoquer mon mariage avec ce vieil homme, j'ai la chair de poule !

Kelda objecta avec douceur :

— Je vous comprends... En même temps, n'oublions pas que vous vous trouvez placée sous l'autorité de votre tuteur, tandis que Rémy, de son côté, est sous celle du gouverneur général !

— Il s'agit pour lui d'une situation tout à fait passagère !

— Certes ! mais nous sommes à Dakar, loin de l'Europe. Le gouverneur général y est tout-puissant. Il pourrait renvoyer Rémy en France, par voie de force, et nous n'y pourrions rien ! (Le regard épouvanté d'Yvette lui fit ajouter, très vite :) Voilà pourquoi le premier objectif à atteindre est de tromper votre oncle, en lui laissant croire que vous allez faire ce qu'il désire.

— Faire ce qu'il désire ?

La voix d'Yvette ressemblait à un cri. Kelda expliqua :

— Vous feindrez d'accepter ses plans ! S'il croit que vous voulez lui résister, il nous surveillera au point que nous n'aurons aucune chance de lui échapper !

Yvette comprit que son amie disait vrai. Elle ne quittait pas Kelda des yeux. Et même elle l'encouragea :

— Continuez !

— Hâtons-nous de dresser nos plans, reprit Kelda. Vous devez d'abord, à mon avis, vous excuser auprès de votre oncle pour la scène de ce soir. Vous lui direz que vous avez été surprise mais qu'à la réflexion vous êtes prête à examiner sa proposition.

— Mais oncle David croira-t-il vraiment que je suis prête à lui obéir ?

— Cela dépendra de la façon dont vous jouerez votre rôle. Nous devons éviter par-dessus tout que le gouverneur général considère Rémy comme un rival dangereux.

— Oui, oui, vous avez raison !

— Je peux me tromper, reprit Kelda, mais j'ai l'impression qu'il apprendra, soit par le gouverneur lui-même, soit par ses aides de camp, ce que l'on projette sur vous. Impossible qu'ils ignorent ce que le gouverneur général et votre oncle ont dans l'esprit, en ce qui concerne l'avenir de la colonie.

— Mais que pensera Rémy, quand il apprendra que je dois me marier avec quelqu'un d'autre ?

Kelda répondit avec conviction :

— Il sera aussi bouleversé que vous, et c'est pourquoi il essaiera de faire quelque chose !

— Il m'aime ! Au moins, je suis sûre qu'il m'aime !

— Moi aussi, j'en suis sûre, et je suis certaine qu'il parviendra à se mettre en rapport avec nous en dépit des difficultés.

— Oncle David l'en empêchera! s'écria Yvette qui replongea dans la désolation.

— Rémy agira en conséquence, je le prévois!

De nouvelles larmes montèrent aux yeux d'Yvette:

— Je ferai ce que vous voudrez, Kelda! Je suis incapable de réfléchir pour mon propre compte, mais je vous obéirai! conclut-elle.

Le lendemain matin, une Yvette très pâle, l'air soumis, descendit les escaliers avec Kelda.

On les avait prévenues que le petit déjeuner serait servi sur la terrasse. Quand elles approchèrent d'une table dressée sous un grand parasol rouge, lord Orsett se leva pour les saluer.

Il portait une tenue de cheval blanche, une écharpe soigneusement nouée autour de son cou, et un manteau blanc qu'il venait de rejeter sur une chaise. Il apparut à Kelda comme le symbole même de la puissance et de la virilité.

Ses yeux ne quittèrent pas Yvette cependant que celle-ci s'avançait vers lui.

— Bonjour, Yvette. J'espère que vous avez bien dormi?

— Assez bien, merci, oncle David. Je voudrais m'excuser pour m'être montrée un peu vive, hier soir. J'ai été très surprise et j'ai... j'ai eu peur! J'espère que vous me pardonnerez.

Ces paroles, ce ton conciliant surprirent lord Orsett:

— Peut-être, dit-il enfin, me suis-je trop hâté en vous parlant ainsi le soir de votre arrivée. Je vous présente mes excuses, moi aussi. J'espère que vous les accepterez.

Yvette lui offrit un sourire enjôleur tandis qu'elle acquiesçait:

— Naturellement, oncle David! D'ailleurs, c'est une trop belle journée pour se disputer avec quelqu'un!

— C'est aussi mon avis et je serais enchanté si, demain matin, vous acceptiez, ainsi que miss Lawrence, de m'accompagner pour une promenade à cheval. C'est toujours plus agréable en début de matinée, avant la grosse chaleur.

Kelda s'interposa :

— Quelle excellente idée ! Je serai très heureuse de découvrir la brousse autour de la ville. On m'a dit qu'elle était superbe.

— Elle l'est ! dit lord Orsett. (A l'instant où ils prenaient place à table, il ajouta, comme s'il se souvenait tout à coup de ses devoirs d'hospitalité :) J'espère que vous avez bien dormi, vous aussi, miss Lawrence ?

— Très bien, milord, sans doute parce que, comme Yvette, j'étais fatiguée par ce long voyage en mer. Puis-je me permettre d'avouer que je préfère admirer les vagues de ma fenêtre, plutôt que de les sentir soulever le bateau ?

— Voulez-vous parler du mal de mer ? demanda-t-il en souriant.

— Non, nous n'en avons pas souffert, par chance, mais je reconnais avoir trouvé la traversée du golfe de Gascogne plutôt éprouvante !

— C'est ce que j'ai toujours pensé moi-même.

Les serviteurs apportèrent le déjeuner et Yvette fit un effort courageux pour manger. Quand ils se retrouvèrent seuls, lord Orsett reprit :

— J'ai reçu un message du palais du Gouvernement m'informant que le gouverneur général lui-même viendra me rendre visite ce soir. J'espère que vous m'aiderez à le recevoir, Yvette.

— Bien sûr, oncle David. (Elle ajouta, d'un ton très naturel :) Oncle David, je préférerais néanmoins... Cela m'intimide un peu que vous abordiez certains sujets... intimes... avant même que j'aie rencontré...

Soulagé de la voir si facile à manier, lord Orsett la rassura aussitôt :

— Évidemment ! Je comprends cela. Il s'agira simplement d'une visite amicale et vous pourrez ainsi faire la connaissance de Son Excellence. C'est un homme intéressant et extrêmement intelligent. Nous avons, lui et moi, beaucoup de goûts communs.

— Vient-il de Paris ? demanda Yvette.

— Il n'y est pas né, je crois, mais y a vécu presque toute sa vie. Il a occupé des postes importants avant de venir au Sénégal.

— Je suis sûre que ses récits m'intéresseront ! affirma Yvette, d'un ton ravi.

Kelda faillit applaudir, tant Yvette jouait son rôle à merveille.

Il lui avait fallu beaucoup de temps, plus de la moitié de la nuit, pour mettre en place, avec Yvette, ce que la jeune fille devrait dire et faire pendant cette journée, importante entre toutes.

Yvette était intelligente et fine, mais elle aimait tant Rémy qu'elle se pliait à la moindre suggestion de Kelda.

Le tuteur et sa pupille continuaient à bavarder de choses et d'autres. Lord Orsett semblait agréablement surpris par la transformation d'Yvette. Commençait-il à croire que la scène de la veille ne venait que du choc de la surprise ?

Au cours de leur veillée d'armes, Kelda avait fait observer à Yvette :

— Nous avons au moins une raison d'espérer : votre oncle ne s'est jamais occupé des femmes, depuis la mort de votre tante.

— Et que faites-vous de celle que mon cousin a aperçue lors de sa visite ?

— Je ne crois pas qu'elle ait eu beaucoup d'importance, affirma Kelda.

— Vous pensez qu'il s'agissait d'une de ces femmes indigènes dont il nous a parlé ?

— Je ne sais pas, mais à l'évidence elle n'est pas ici actuellement. Si vous arrivez à convaincre votre oncle que vous regrettez vos propos d'hier et que vous êtes prête à lui obéir, nous réussirons à l'abuser jusqu'au bout ! Nous n'avons pas d'autre arme...

Ce premier point était atteint, Kelda en était sûre. Lord Orsett ne songeait nullement à suspecter Yvette. Un homme mieux habitué aux artifices féminins aurait peut-être remarqué que celle-ci exagérait un peu sa soumission, mais lord Orsett n'y regardait pas de si près.

— Qu'aimeriez-vous faire, à présent ? demanda-t-il, quand le petit déjeuner fut terminé.

Yvette regarda Kelda, confiante en son ingéniosité :

— Si cela est possible, Yvette et moi aimerions assez nous rendre en ville, dit-elle. Nous avons deux ou trois petites choses à acheter, mais nous pouvons attendre demain, si cela vous convient mieux.

Lord Orsett jeta un coup d'œil scrutateur à Kelda :

— Il vous plaira peut-être de vous y rendre cet après-midi avec moi ? Je viens de recevoir de France une petite voiture très élégante, toute nouvelle. Elle est, paraît-il, fort à la mode et la favorite des jeunes Parisiens élégants qui conduisent eux-mêmes pour aller au Bois.

Kelda vit Yvette broncher un peu, à l'évocation de la ville qu'elle aimait tant. Elle se hâta de dire :

— Ce sera parfait ! Il y a tant de choses que j'ai envie d'approcher, dans ce merveilleux pays !

Yvette devina ce qu'on attendait d'elle :

— Cela me plaira beaucoup aussi, oncle David, et je suis sûre que vous avez de superbes chevaux. Maman disait toujours, je m'en souviens, que vous aimiez beaucoup monter.

— Vous avez raison, Yvette. J'ai choisi moi-même quelques beaux spécimens et vous vous en apercevrez en montant avec moi, demain matin. Vous avez apporté votre tenue de cheval, mesdemoiselles, je suppose ?

— Bien entendu ! dit Kelda, en espérant qu'Yvette en conservait deux dans ses malles.

En regagnant leurs chambres, Kelda complimenta Yvette :

— Vous avez été excellente !

— Pourtant j'avais envie de lui jeter une assiette à la tête ! confia Yvette d'un ton empli d'amertume.

— Je le sais, je ressentais la même chose ! Mais vous comprenez qu'ainsi nous pourrons sortir de la maison et trouver peut-être le moyen de nous mettre en rapport avec Rémy !

Yvette poussa un profond soupir :

— Et s'il pense que le cas est désespéré et qu'il n'essaie même pas de me joindre ?

— Il essaiera, j'en suis convaincue ! J'ai beaucoup plus peur qu'il ne tente quelque chose de stupide, comme provoquer votre oncle en duel.

Les yeux d'Yvette brillèrent un instant à cette perspective, puis elle déclara :

— Vous oubliez que Rémy est un diplomate. Il est sûrement conscient de sa situation et il ne fera rien qui puisse avoir une incidence fâcheuse sur sa carrière !

Les jeunes filles avaient choisi robes et chapeaux assortis pour leur promenade en ville. Yvette donna une ombrelle à Kelda et elles descendirent retrouver lord Orsett qui les attendait dans le hall.

La voiture neuve, tirée par deux chevaux, pouvait recevoir aisément trois personnes sur sa large banquette, avec un groom perché à l'arrière.

Ils dépassèrent les grilles de fer et lord Orsett fit tourner ses chevaux avec une maîtrise exceptionnelle. Yvette, cependant, commençait à regarder autour d'elle, comme si elle s'intéressait au paysage mais, en réalité, dans l'espoir d'apercevoir Rémy.

En descendant de la falaise, la voiture longea des plages de sable blanc étincelant au soleil, bordées de buissons de fleurs éclatantes et de cocotiers qui s'avançaient jusque dans la mer.

Kelda poussait des exclamations de plaisir. Elle voulait empêcher lord Orsett de remarquer le silence d'Yvette, mais elle était réellement émerveillée par ce qu'elle découvrait.

La ville comprenait encore peu de bâtiments officiels. Néanmoins on pouvait deviner dans les squares, dans les rues qui s'ouvraient, dans les immeubles en construction, que tout obéissait à un plan et qu'on voulait donner de la beauté à cette cité africaine.

Des arbres et des buissons en fleurs flamboyaient de couleurs vives contre la blancheur des murs. Lord Orsett montra à Kelda l'actuel palais de justice en lui expliquant les projets formés pour le développement urbain.

Ils dépassèrent des porteuses de fleurs qui se rendaient au marché, leurs bouquets glissés dans leurs turbans.

— Quelle charmante idée ! s'exclama Kelda.

— Oui, et c'est propre à Dakar... expliqua lord Orsett. Je me suis parfois demandé qui pouvait avoir eu cette idée pour la première fois.

— On devrait élever une statue à cette femme ! suggéra Kelda en souriant.

— Bien des hommes mériteraient de passer avant elle à la postérité, rétorqua lord Orsett.

Kelda le regarda en déclarant :

— Même ici, en Afrique, je suis sûre qu'on reconnaît l'importance des femmes.

Elle crut voir un faible sourire se jouer au coin des lèvres de lord Orsett, comme s'il s'amusait de son ton provocant :

— Je suis sûr, acquiesça-t-il, que les femmes ont leur importance dans n'importe quelle partie du monde !

C'était une réponse évasive, mais Kelda éprouva une certaine satisfaction : elle l'avait obligé à lui répondre. Elle eut la sensation d'avoir marqué un point.

Lorsqu'ils regagnèrent la maison, elle le remercia de la promenade et Yvette en fit autant, en ajoutant :

— C'était passionnant, oncle David ! J'espère que nous recommencerons demain.

— Certainement, si vous n'êtes pas trop fatiguées, après notre sortie à cheval.

Ils montèrent les marches du perron et, en pénétrant dans le hall, lord Orsett demanda :

— Voulez-vous prendre un bain ou changer de robes pour recevoir Son Excellence ?

— Certainement, oncle David. Où nous retrouvons-nous ?

— Un serviteur vous attendra au pied des marches, répondit-il en s'éloignant vers son cabinet.

Yvette et Kelda gagnèrent l'étage sans échanger une parole. Aussitôt dans leurs chambres, Yvette s'écria :

— Mais qu'est-ce que je vais dire au gouverneur général ? Imaginez un peu qu'il informe Rémy de sa demande en mariage ?

— Je ne crois vraiment pas qu'il vous demande en mariage dès votre première rencontre ! Je peux me tromper, vous connaissez mieux que moi les Français, mais je suppose que ce serait tout à fait gauche et impoli, non ?

— Vous avez raison ! Il se contentera de me couvrir de compliments et il insinuera beaucoup de choses que je ferai semblant de ne pas comprendre !

Kelda approuva :

— Voilà ! Ayez l'air très jeune, très innocente, et même stupide, si vous le pouvez ! On doit s'attendre à cela, chez une jeune fille de votre âge. Si, par hasard, il le suggérait, n'acceptez pas de rester seule avec lui, par exemple !

— Non, sûrement pas ! Et ne me quittez pas, Kelda, vous m'avez promis de ne pas me quitter !

— Bien sûr, je ne vous laisserai pas ! Mais je suis certaine que Son Excellence se comportera de façon parfaite : vous n'avez aucune raison d'avoir aussi peur !

— Ah ! Si seulement je pouvais voir Rémy ! gémit Yvette. Si je pouvais savoir ce qu'il pense, en ce moment ! Vous vous rendez compte, Kelda, qu'il peut s'imaginer que je vais obéir à oncle David ?

— Il ne croira jamais cela, Yvette, vous le savez ! Cessez de vous désoler ainsi. Si vous voulez échapper à cette horrible situation, nous devons, vous et moi, garder notre sang-froid à chaque instant.

— Oh ! Kelda ! Kelda ! Que ferais-je sans vous ! Dieu merci, vous êtes avec moi !

En embrassant Yvette, son amie songeait aussi que c'était une bonne chose qu'elles soient ensemble.

Elle ne sous-estimait cependant pas la difficulté de sa tâche. Le matin même, en se promenant avec lord Orsett, elle l'avait jugé plus redoutable encore qu'elle ne le supposait.

On sentait en lui un conquérant, un homme qui suivait son chemin sans s'occuper de personne. Un homme qui se battrait à mort plutôt que de se rendre.

Mais elle garda ses réflexions pour elle...

8

Yvette et Kelda descendirent les escaliers, revêtues de robes délicieuses qui ne pouvaient venir que de Paris.

La toilette d'Yvette était vert pâle, couverte de dentelle, avec un ruban corail autour du décolleté. Elle portait, suspendu par une chaîne à son cou, un ravissant médaillon qui lui venait de sa mère. Elle était très élégante et elle avait insisté pour que Kelda porte elle-même une robe ornée de dentelle qui rendait ses yeux plus bleus encore, et son teint plus délicat.

— Il serait préférable que je reste complètement à l'arrière-plan, avait protesté Kelda.

— Pas du tout ! Vous ne pouvez pas laisser l'attention d'oncle David se concentrer sur moi, avec son regard qui ressemble à une hache ! Il faut que vous vous appliquiez à le distraire et à l'intéresser ! (Elle ajouta, avec un soupir :) Il me semble qu'il y a des années que je n'ai pas revu Rémy !

Un serviteur les conduisit dans un immense salon, réservé sans doute pour les occasions importantes. Il était décoré de fleurs magnifiques, qui embaumaient l'air.

Les jeunes filles venaient de rejoindre lord Orsett quand, un domestique ouvrant la porte, il les quitta pour se diriger vers le hall.

— Où est-il parti ? demanda Yvette.

— Je suppose, murmura Kelda, qu'il juge convenable d'aller recevoir le gouverneur à la porte d'entrée !

Yvette se rapprocha d'elle :

— J'ai peur, Kelda ! C'est stupide, sans doute, mais j'ai si peur que vous ne puissiez pas me sauver et qu'enfin je sois obligée d'épouser ce terrible vieil homme !

— N'y pensez pas ! Il faut absolument croire à notre victoire ! Faites confiance à votre amour. Dites une petite prière, dans votre cœur, et vous vous sentirez mieux et plus sereine !

— Mais je prie ! Je prie sainte Rita, la sainte des causes désespérées !

— La nôtre ne l'est pas ! assura fermement Kelda. Mais priez quand même sainte Rita, Yvette, nous avons grand besoin d'avoir tous les saints de notre côté.

Elles entendirent un bruit de voix dans le couloir et, un instant plus tard, lord Orsett entra, flanqué du gouverneur général.

C'était un homme mince, d'aspect énergique, au visage marqué par l'âge et les années passées sous les tropiques. Sa chevelure sombre et épaisse était striée de blanc. Son regard annonçait une grande intelligence.

Après les présentations, ils commencèrent à parler et Kelda se rendit compte qu'il ne manquait pas de charme et possédait d'excellentes manières.

Mais il était vieux, on ne pouvait le nier... Vieux, et, aux yeux d'Yvette, tout à fait terrifiant.

Malgré tout, elle sut prendre sur elle. Lord Orsett lui-même n'aurait rien pu lui reprocher. Elle ne parlait pas beaucoup, mais s'arrangeait pour écouter avec des yeux pleins d'intérêt tout ce qu'on lui disait.

Elle reçut les compliments du gouverneur général avec une charmante timidité, qui laissait entendre qu'elle n'avait encore jamais entendu un compliment de sa vie. Elle sut même dire quelques petites choses flatteuses à propos de Dakar qui, sans nul doute, firent autant plaisir à lord Orsett qu'au gouverneur.

Enfin, c'était un spectacle qui, pensa Kelda, aurait pu trouver grâce à la Comédie-Française.

Mais elle se rendait compte que les doigts d'Yvette, crispés au creux de ses genoux, tremblaient, et elle la connaissait assez pour déceler dans sa voix une vibration qui trahissait ses craintes.

Le gouverneur général ne resta pas longtemps. En partant, il retint les doigts d'Yvette un peu plus qu'il n'était nécessaire :

— Je suis très heureux de vous avoir rencontrée, mademoiselle de Villon. Comme je désire beaucoup vous recevoir au Palais du Gouvernement, votre oncle m'a promis de vous emmener dîner chez moi ce soir, votre amie et vous. J'attends ce moment avec impatience, et plus de plaisir que je ne puis l'exprimer.

— Je l'attendrai aussi avec impatience, répondit poliment Yvette.

Le gouverneur parut enchanté mais Kelda, elle, songea que ce dîner serait peut-être une occasion de rencontrer Rémy.

Lord Orsett accompagna Son Excellence jusqu'à sa voiture et, à son retour, il examina un moment Kelda et Yvette, assises en face de lui. Son expression révélait une incertitude un peu cynique : il se demandait si on ne le trompait pas.

— Dois-je comprendre, lança-t-il à Yvette, que vous avez vraiment hâte d'aller dîner au Palais du Gouvernement ?

— Mais oui ! On m'a dit que c'était un très beau bâtiment !

— Et qui vous a dit cela ?

La voix de lord Orsett claqua comme un fouet.

Yvette comprit tout de suite quelle réponse son oncle s'attendait à recevoir. Elle regarda Kelda, l'air intrigué :

— En effet, qui nous en a parlé, Kelda ? Le commandant de bord, ou bien ces gens qui nous chaperonnaient ?

Kelda fut aussi prompte qu'elle :

— Le commandant, affirma-t-elle. Son Excellence l'avait reçu lors d'un de ses voyages et il en avait été très flatté.

Lord Orsett parut convaincu par leur petite comédie. Il avait, sans aucun doute, songé à Rémy Mancel.

— Je pense qu'après le déjeuner vous irez vous reposer, toutes les deux, pour vous préparer à la réception de ce soir, dit-il. Au cas, Yvette, où vous songeriez à renouer avec votre flirt de traversée, sachez que j'ai mis le nom de ce gentleman sur la liste de ceux qui ne doivent pas vous être présentés.

Un silence tomba, pendant lequel Kelda redouta qu'Yvette ne parvînt pas à se maîtriser. Elle fit un pas vers son amie et heurta une petite table placée près d'un fauteuil. Dans le choc, ce meuble léger tomba sur le sol et tous les ornements qu'il supportait s'éparpillèrent sur le tapis.

— Oh ! que je suis maladroite ! s'exclama Kelda. J'espère que rien n'est cassé !

— Non, tout va bien, dit Yvette, en redressant la table et en ramassant les objets dispersés.

Le moment dangereux était passé. Kelda poussa un soupir de soulagement.

Mais, après le déjeuner, quand elles se retrouvèrent dans leur chambre, Yvette se répandit en reproches contre son oncle :

— Comment a-t-il osé empêcher Rémy de venir à ce repas ? Et quelle explication a-t-il donnée au gouverneur général ? Il a peut-être brisé sa carrière !

— Il vaut beaucoup mieux que Rémy ne soit pas là ! affirma Kelda.

Yvette la regarda, presque furieuse :

— Que voulez-vous dire ?

— S'il était là, vous ne pourriez vous empêcher de le regarder et toute votre performance d'actrice deviendrait inutile, dès que votre oncle vous verrait ensemble ! Il ne croirait certainement plus que vous acceptez d'épouser Son Excellence, et il agirait de manière à vous y contraindre.

Yvette réfléchit un instant :

— Oui, je crois que vous avez raison, admit-elle.

— Mais vous serez quand même sous le même toit que Rémy, et je suis presque sûre qu'il trouvera le moyen d'entrer en contact avec nous. Veillez donc à ne pas vous trahir. Je ne sais comment on vous joindra : un mot chuchoté, un papier glissé dans votre main, peut-être ? Rémy saisira sûrement la chance de votre présence au Palais.

Yvette murmura :

— Je l'espère et je le désire de toute mon âme !

On pouvait lire un tel chagrin dans son regard que Kelda souhaita à lord Orsett une peine aussi grande que celle qu'il infligeait à sa nièce.

Les deux jeunes filles choisirent des toilettes qui auraient sans doute mieux convenu à un bal londonien qu'à ce qu'Yvette nommait « la sombre Afrique ».

Lord Orsett, très élégant dans son vêtement de soirée, les conduisit jusqu'au Palais en voiture fermée. Le dîner fut en tout point excellent, préparé par un chef qu'on avait fait venir de France et qui enseignait son art à des cuisiniers indigènes, avant de regagner Paris.

Yvette, invitée d'honneur, se trouvait à la droite du gouverneur, et Kelda à sa gauche.

Kelda se rendit vite compte que l'attention d'Yvette était distraite par l'espoir qu'elle avait d'apercevoir Rémy, au fond des salons ou par les fenêtres. Elle entreprit donc de retenir l'intérêt du gouverneur général, afin qu'il ne s'en rendît pas compte, et elle sut écouter ce qu'il disait de ses projets pour le Sénégal, sujet qui lui tenait à cœur et qu'il traitait de façon fort intéressante.

Kelda avait oublié que, contrairement aux Anglais, les Français ne laissent pas les dames passer seules au salon. Aussi fut-elle un peu déçue quand tout le monde quitta la table en même temps. Elle avait espéré que Rémy trouverait l'opportunité de les rejoindre pendant ces quelques instants de solitude.

Après un moment de conversation générale, lord Orsett suggéra qu'il était temps de rentrer.

— Ce fut une charmante soirée, dit-il au gouverneur général. Et n'oubliez pas que vous avez promis de venir dîner chez moi demain soir. Nous vous attendrons avec impatience.

— Mon impatience sera plus grande encore, milord, dit le gouverneur général en regardant Yvette.

Le cœur de Kelda se serra : demain soir, sans nul doute, lord Orsett s'arrangerait pour faciliter un tête-à-tête entre le gouverneur et sa nièce.

Ils sortirent dans le hall où les serviteurs les aidèrent à remettre les légers vêtements qu'ils avaient pris pour descendre au Palais.

Quand le domestique drapa son écharpe sur les épaules de Kelda, elle sentit qu'il lui glissait en même temps un billet dans la main.

Elle referma les doigts et, un instant plus tard, d'un geste très naturel, elle ouvrit son petit sac du soir et l'y glissa.

De retour à la maison de lord Orsett, Kelda attendit avec impatience le moment où elles pourraient se retirer.

— Les chevaux seront devant la porte demain matin à sept heures, annonça lord Orsett. Je monte plus tôt, d'habitude, mais je ne veux pas que vous vous fatiguiez trop...

Il faillit ajouter :
« Avant la visite de votre futur mari, demain soir ! »
Kelda craignit vraiment de l'entendre prononcer ces paroles, mais il jugea préférable de laisser sa phrase en suspens. Yvette lui répondit :
— Ce sera très agréable de monter demain matin ! Vous pourrez nous montrer les environs de la ville que j'ai trouvée, à la vérité, plus belle et plus civilisée que je ne m'y attendais !
— Je suis enchanté qu'elle vous plaise.
Sur cet échange de propos courtois, il les salua à sa façon cérémonieuse et leur souhaita le bonsoir.
Kelda, consciente de la déception et du désarroi d'Yvette, grimpa l'escalier derrière elle, en silence. Une fois dans leurs chambres, il fallut encore attendre le départ des femmes de chambre, qui devaient les aider à se préparer pour la nuit. Enfin, Kelda put s'emparer de son sac et rejoindre Yvette.
Comme elle le craignait, Yvette n'avait rien deviné de ce qui s'était passé au vestiaire du Palais gouvernemental. Elle gisait sur son lit, le visage enfoui dans ses oreillers, dans une pose qui criait son désespoir.
Elle se redressa en entendant le pas de Kelda :
— Nous ne l'avons pas vu ! J'espérais tant le rencontrer ! Quelle épouvantable soirée !
Kelda sourit, triomphante :
— Pas si épouvantable que cela ! Regardez ce que je vous apporte !
Elle ouvrit son sac et tendit le billet à Yvette. Tout d'abord, la jeune fille, perdue dans son chagrin, ne comprit pas. Puis elle poussa un cri :
— Vous voulez dire... ?
— Exactement ! Allons, lisez vite, que nous sachions de quoi il s'agit !
— Oh, Kelda, j'avais si peur qu'il m'ait oubliée !

— Voyez donc ce qu'il vous écrit... Préférez-vous être seule ?

— Non, non, bien sûr ! Je n'ai pas de secret pour vous !

Yvette déplia le billet qui portait l'écriture de Rémy. Ses doigts tremblaient et elle eut du mal à dérouler le papier. Elle lut. Kelda attendait.

Enfin, elle murmura :

— Il m'aime ! Il m'aime, c'est tout ce qui compte !

— Mais il ne vous dit pas seulement cela ?

— Il dit que nous devons nous enfuir ensemble. Il a appris, comme vous le pensiez, les plans du gouverneur et de l'oncle David. Le gouverneur général lui-même n'en a pas parlé, mais ses aides de camp étaient au courant, il paraît qu'ils savent toujours tout, comme dans une cour. Rémy est horrifié. Il dit qu'il me sauvera, ou qu'il en mourra ! (Yvette ajouta :) Croyez-vous qu'il existe un homme aussi merveilleux que lui ?

— Que suggère-t-il ? demanda Kelda, pratique.

— Il est en train de dresser des plans. Il m'en fera part demain ou après-demain. Il me prévient que quelqu'un me donnera des fleurs et que je devrai faire attention, car un billet y sera caché.

— Dit-il quand vous vous enfuirez ? demanda Kelda. Et où ?

Yvette, qui lisait la fin de la lettre, s'arracha à son extase. Elle répondit :

— Il dit qu'il m'aime ! Que je suis à lui ! Il me dit qu'il tuerait l'homme qui essaierait de me prendre à lui. Oh ! Kelda ! Mes prières seront peut-être exaucées et je deviendrai la femme de Rémy !

Yvette et Kelda bavardèrent fort avant dans la nuit et quand Yvette eut relu la lettre de Rémy une bonne douzaine de fois, elle la tendit à Kelda. On ne pouvait douter de la sincérité passionnée du jeune homme. Il était clair que la nouvelle qu'il avait apprise au Palais l'avait bouleversé.

Kelda devina aussi qu'il était assez énergique pour ne pas montrer l'étendue de ses craintes et de ses appréhensions à Yvette. Il essayait de la rassurer, de lui donner confiance en lui et de lui insuffler la conviction que tout s'arrangerait, malgré les difficultés plus que probables.

— Pourquoi n'ai-je pas pensé à lui faire parvenir une lettre, moi aussi ? se plaignit Yvette.

— Parce que cela aurait été très dangereux et très sot ! répondit Kelda. Nous ne connaissons pas les serviteurs à qui il peut faire confiance, au Palais. Imaginez ce qui se serait passé, si vous aviez écrit une lettre à Rémy qui serait tombée dans les mains du gouverneur, puis de votre oncle ! Nous aurions alors été beaucoup plus étroitement surveillées que nous ne le sommes en ce moment !

— Oui, vous devez avoir raison, reconnut Yvette. Mais supposez que Rémy s'imagine que je ne l'aime plus ?

— Il a confiance en vous, comme vous avez confiance en lui, affirma Kelda, et je sens, ce qui me réconforte beaucoup, que nous pouvons laisser à Rémy le soin de dresser les plans nécessaires à votre avenir. Nous n'avons qu'à attendre ses instructions.

— Il est si merveilleux ! répéta pour la centième fois Yvette.

Kelda, pour sa part, se sentait fort soulagée. La responsabilité d'organiser le comportement d'Yvette lui pesait beaucoup. Si elles échouaient, la faute lui en incomberait.

A présent, elle pouvait abandonner le soin de prendre les décisions à un homme plus mûr, qu'elle estimait et admirait. Elle était intimement persuadée qu'il réussirait à sauver Yvette, même si les circonstances se liguaient contre eux.

Kelda eut toutefois bien du mal à s'endormir. Elle ne pouvait s'empêcher de se demander comment

Rémy s'y prendrait pour enlever Yvette et l'emmener loin du Sénégal, alors que le pays était plein de soldats qui se trouvaient sous l'autorité du gouverneur général...

Elle ne voyait pas de solution à ce terrible problème.

Quand elle parvint enfin à trouver le sommeil, elle ne se reposa guère, hantée qu'elle fut par les cauchemars où de mystérieux personnages les poursuivaient, Yvette et elle.

Ils portaient tous des masques semblables à ceux que lord Orsett avait accrochés à ses murs.

Elles furent prêtes, le lendemain matin, à l'heure précise indiquée par lord Orsett. Ils s'éloignèrent de la maison en suivant, non pas la route, mais des sentiers de sable.

Ainsi, Kelda découvrit ce pays étrange, les villages de huttes où vivaient les indigènes, les énormes baobabs aux troncs contournés, torturés, aux branches nues. On aurait dit des créatures maudites, frappées d'une terrible malédiction, pétrifiées à l'instant même de leur punition.

Mais les autres arbres étaient pleins de lumière et de beauté : les palmiers, les cocotiers élancés, les bambous... Kelda découvrit aussi tous les fruits qu'elle s'attendait à voir au Sénégal : oranges, citrons, papayes, avocats, mangues.

Elle ne put s'empêcher de manifester son plaisir, et sur le chemin du retour elle s'aperçut que lord Orsett se montrait content de tant d'enthousiasme.

— Que pensez-vous de mon pays ? demanda-t-il à Yvette, qui ne parlait guère.

— Votre pays ? répéta-t-elle. Mais vous êtes anglais, oncle David ?

— C'est ici mon pays adoptif. Plus je connais l'Afrique, plus je comprends tout ce qui reste à y découvrir et plus je la trouve ensorcelante.

— Y passerez-vous donc le reste de vos jours ? s'étonna Yvette.

— Je n'en sais rien ! J'y demeurerai longtemps. En tout cas, jusqu'à ce que mon livre soit terminé.

— Mais, dit Yvette d'un ton quelque peu provocant, puisque vous vous occupez tant de l'avenir de la civilisation dans ce pays, pourquoi ne vous y mariez-vous pas ?

Kelda retint une exclamation, devant l'audace d'Yvette.

Le bonheur d'avoir reçu des nouvelles de Rémy avait transformé la jeune fille qui, désormais, n'avait plus aussi peur de son tyrannique tuteur.

Il y eut un moment de silence. Lord Orsett répondit enfin :

— L'idée m'est venue, bien entendu !... Je ne suis pas retourné en Angleterre depuis si longtemps, qu'elle me semblait inutile.

Tout en parlant, il allait au trot, une jeune fille à sa droite, l'autre à sa gauche. Il tourna la tête vers Kelda et rencontra son regard.

Elle en perdit le souffle...

Elle venait de deviner ce qu'il pensait ! Mais cela ne pouvait pas être vrai ! Il ne devait à aucun prix soupçonner qu'elle savait ce qui, à cet instant précis, occupait son esprit !

9

En voyant le gouverneur général attirer ouvertement Yvette dans un coin du grand salon, Kelda comprit qu'il se produisait ce qu'elles avaient prévu.

Lord Orsett, cependant, continuait à lui parler comme si de rien n'était et elle eut du mal à se concentrer pour lui répondre convenablement.

Elle aurait été moins confiante si elle n'avait su que Rémy avait pris le risque d'envoyer un nouveau billet à Yvette.

A l'arrivée du gouverneur général, lord Orsett s'avança au-devant de son invité pour l'introduire lui-même dans le salon. Celui-ci tenait à la main un magnifique bouquet d'orchidées qui, en toute autre occasion, aurait enchanté sa destinataire. Mais Yvette était nerveuse, inquiète et déçue de n'avoir pas reçu le message de son fiancé.

Pendant que le gouverneur, accompagné par lord Orsett, avançait vers elle, Kelda se souvint de ce qu'avait écrit Rémy. Quelqu'un offrirait des fleurs à Yvette, et elle devrait faire attention à ce qu'elles contenaient...

Aurait-il l'audace de glisser un billet dans le bouquet que le gouverneur général lui-même remettrait à la jeune fille qu'il désirait épouser ? Mais peut-être n'avait-il trouvé aucun autre moyen de faire pénétrer une lettre dans la maison si bien gardée de lord Orsett ?

Elle aurait voulu prévenir Yvette... Le gouverneur la saluait et lui présentait son bouquet. Kelda resta sur ses gardes.

— J'ai aussi un petit présent pour vous, miss Lawrence, dit le gouverneur, en lui tendant une boîte de bonbons somptueuse et tout enrubannée.

— Comme c'est gentil à vous de penser à moi, Votre Excellence !

Yvette ne disait rien. Elle sentit peser sur elle le regard du gouverneur général et elle s'exclama :

— Ces fleurs sont ravissantes ! Je vous remercie beaucoup...

— Je vais les mettre dans l'eau ! proposa vivement Kelda. Elles sont si belles qu'il faut les conserver aussi longtemps que possible !

— Voyons ! intervint lord Orsett, un serviteur peut s'en charger, il me semble.

— Autant vous avouer, dit Kelda en lui souriant, que j'ai oublié mon mouchoir et, en montant, je vais donner des ordres aux femmes de chambre pour qu'on s'occupe de ces fleurs. Je sais qu'Yvette sera ravie de les avoir dans sa chambre.

Et, coupant court aux protestations de lord Orsett, elle quitta le salon et courut dans les escaliers.

Aussitôt seule dans sa chambre, elle examina le bouquet et remarqua le large ruban qui cachait les tiges des fleurs.

Elle le dénoua et, comme elle s'y attendait, elle découvrit un morceau de papier enroulé autour des tiges.

En toute hâte, Kelda ouvrit un tiroir, s'empara d'un mouchoir, y dissimula la lettre et appela une femme de chambre pour mettre les fleurs dans l'eau.

En redescendant les escaliers, elle pensa que maintenant rien de ce qui arriverait, ce soir, ne compterait.

Ce qui importait, c'était le contenu du petit billet enfermé dans son tiroir, et transmis par le gouverneur général lui-même. Ce détail lui semblait même fort amusant. Sans le savoir, il avait été le messager d'un véritable amour. Elle hésitait à confier à Yvette ce qui se passait. Cela lui paraissait dangereux.

Lorsqu'elles quittèrent la salle à manger, elle réussit pourtant à lui glisser :

— Les fleurs que Son Excellence vous a apportées sont tout à fait celles que vous souhaitiez !

Les yeux d'Yvette trahirent son désir de la questionner. Soudain, elle comprit, et son visage s'illumina. Savoir qu'une lettre de Rémy l'attendait lui rendrait plus légère la nécessité où elle était de jouer son rôle. Car désormais, elle ne doutait plus que le gouverneur général lui ferait part de ses sentiments à son égard, et qu'il lui faudrait lui donner une réponse qui ne soit pas de nature à provoquer la colère de son tuteur.

— Vous parliez de mes sculptures, disait pendant ce temps lord Orsett à Kelda. J'en ai deux ici, qui comptent parmi mes plus belles découvertes. (Il se rendit jusqu'à la vitrine et désigna une tête d'homme en terre cuite.) Celle-ci est très ancienne. Elle vient du Nigeria.

— C'est superbe ! s'exclama Kelda.

— Le pensez-vous vraiment, ou dites-vous cela par politesse ?

— Je le pense ! protesta Kelda. Et cette sculpture en ivoire est magnifique, elle aussi !

— C'est un masque pectoral, expliqua lord Orsett.

Elle examina les deux œuvres et demanda :

— Il serait intéressant de savoir qui cela représente. Mais à cause de leur ancienneté, c'est impossible, je suppose ?

— Il s'agit sans aucun doute d'un chef guerrier. Ces sculptures, comme les poèmes, sont une façon de célébrer son nom, commença David Orsett.

Kelda le regardait, attendant une explication. Il continua :

— La célébration d'un nom est le plus antique usage poétique de l'Afrique. Il s'applique aux dieux mais aussi à certains hommes, aux animaux et aux plantes.

— Passionnant ! s'écria Kelda, sincère.

— Vous savez, sans doute, que la poésie africaine existe presque uniquement sous la forme chantée ?

— Non, je l'ignorais, mais j'ai cru comprendre que les Africains préfèrent la musique à tout autre mode d'expression.

Elle examina le buste en terre cuite, admirant la finesse des traits, en dépit des lèvres épaisses. Elle crut retrouver comme une lueur d'intelligence dans ce regard mort.

Elle était à ce point perdue dans ses réflexions qu'elle poursuivit, comme si elle parlait à son père :

— Récitez-moi un poème, dites-moi la sorte de célébration qu'on a pu faire d'un homme comme celui-ci !

Elle se rendit compte qu'elle venait de le surprendre, mais il répondit avec obligeance :

— Je viens d'en traduire un qui fut écrit pour célébrer le grand chef zoulou Shaka. Je ne vous en infligerai pas plus de quelques lignes, rassurez-vous !

Il fit une pause, et récita :

« C'est Shaka, l'imbattable,
» Terrifiant comme le tonnerre. Fils de Menzi,
» C'est un oiseau de proie parmi des oiseaux tremblants,
» La hache d'armes qui l'emporte sur les autres haches... »

— Oh ! Magnifique ! fit Kelda. Est-ce que l'ensemble du poème est très long ?

— Il prendra un certain nombre de pages, dans

mon livre, dit lord Orsett en souriant. *Ijaba,* les chants de combat, sont sans doute aussi longs que l'étaient les combats eux-mêmes.

Kelda se mit à rire. Elle regarda autour d'elle et constata qu'Yvette se dirigeait vers eux.

La jeune fille ne semblait pas fort émue, mais le gouverneur général arborait un sourire de satisfaction.

— Je crois qu'il me faut vous quitter, à présent, dit-il à lord Orsett, mais je compte sur vous pour un grand dîner de cérémonie, après-demain, au Palais.

— Ce sera parfait, assura lord Orsett.

Il jeta un coup d'œil aigu à Yvette. Il se demandait, à n'en point douter, si l'on annoncerait ses fiançailles avec le gouverneur à l'occasion de ce dîner.

Le gouverneur général saisit la main d'Yvette :

— Au revoir, Yvette, dit-il. Je vais compter les heures jusqu'à notre prochaine rencontre.

Sa voix vibrait d'émotion. Il venait d'appeler Yvette par son prénom, pour la première fois. Enfin, après lui avoir adressé un long regard, il lui baisa la main.

Yvette eut un petit frisson, quand ses lèvres frôlèrent ses doigts, mais Kelda seule s'en aperçut.

Le gouverneur général se tournait vers elle :

— Au revoir, miss Lawrence.

— Au revoir, Votre Excellence, et merci pour votre cadeau, c'était très aimable à vous.

— Ce fut un plaisir, assura le gouverneur.

Il s'éloigna avec lord Orsett. Lorsqu'ils furent à bonne distance, Yvette chuchota :

— Il y a une lettre de Rémy ?

— Oui, dans ma chambre. (Bien qu'elle eût peur qu'on ne les entendît, elle demanda :) Que vous a dit Son Excellence ?

— Ce que vous aviez prévu ! soupira Yvette. Il m'a accablée de compliments. Il espère que nous serons très heureux ensemble quand nous serons mariés, à la fin du mois !

— Et qu'avez-vous répondu ?

— J'ai répondu que tout cela était une grande surprise pour moi. Aussi, j'espérais qu'il me donnerait le temps de m'habituer à l'idée de me marier, surtout avec quelqu'un d'aussi distingué que lui.

Kelda rit :

— C'est parfait !

— J'essayais de me persuader que ce n'était pas moi qui parlais, mais une actrice en train de jouer une pièce... Une pièce qui finirait bien !

— Bien sûr, qu'elle finira bien ! dit Kelda, pleine de confiance.

Le temps leur sembla long jusqu'au moment où elles purent souhaiter le bonsoir à lord Orsett et se diriger vers le hall.

A cet instant, il déclara avec un manque total d'intuition ;

— Je crois que vous avez fait de mon ami, Son Excellence le gouverneur, un homme très heureux, Yvette ! Je suis enchanté que vous ayez ainsi montré beaucoup de bon sens et je vous félicite pour votre attitude, ce soir et hier, déjà, au Palais.

— Je suis contente d'avoir pu vous plaire, oncle David, répondit Yvette, d'un ton neutre.

Kelda sentit alors qu'il allait faire allusion à Rémy et complimenter sa nièce d'avoir su mettre un terme à son « flirt de traversée », comme il l'appelait, avec dédain... Elle eut peur de la réaction d'Yvette et intervint avec vivacité :

— Nous sommes fatiguées toutes les deux, milord, debout depuis notre promenade de ce matin. Je crois qu'il nous faut nous reposer sans plus tarder, si vous le permettez...

— Vous avez raison, miss Lawrence. Bonsoir !

— Bonsoir, milord.

— Bonsoir, Yvette... Je ne doute pas que vous

apprécierez de plus en plus le Sénégal. Comme cet endroit est celui où vous vivrez, je veux vous en faire découvrir davantage. Demain matin, si vous vous sentez assez bien, je vous emmènerai plus loin encore.

— Ce sera fort agréable, murmura Yvette. Bonne nuit, oncle David.

Elle se détourna et s'éloigna si rapidement que Kelda glissa son bras sous le sien et l'obligea à ralentir son allure. Elle redoutait qu'une pareille hâte n'éveille quelque soupçon chez lord Orsett qui aurait pu, par exemple, juger étrange que Kelda ait voulu emporter elle-même le bouquet jusqu'à sa chambre.

— Attention ! chuchota-t-elle à l'intention d'Yvette. (Et elle ajouta tout haut :) Que je me sens lasse ! Vous allez devoir me tirer dans l'escalier comme si j'étais une vieille femme !

— Vous irez mieux demain matin ! répondit Yvette.

— Je l'espère bien !

Elles se rendaient compte que lord Orsett entendait tout ce qu'elles disaient. Sans regarder derrière elles, les deux jeunes filles regagnèrent leurs chambres à pas mesurés.

Les femmes de chambre les y attendaient. Yvette dut encore patienter jusqu'à leur départ. Alors, elle courut dans la chambre de Kelda et lui lança :

— Où est la lettre ? Donnez-la-moi ! Vite, vite ! Je vais devenir folle si je dois attendre une seconde de plus !

— Je sais ce que vous ressentez, mais il faut faire très attention, vous le savez !

Tout en parlant, Kelda ouvrit un tiroir, y prit la lettre et la tendit à Yvette.

— Oh ! Rémy ! Je vous adore ! s'écria Yvette, en portant le papier à ses lèvres. (Elle se jeta sur le lit de Kelda. Elle lut à peine la moitié de la lettre, et leva les yeux en s'exclamant :) Demain ! Nous partons demain !

— Comment ? dit Kelda. C'est impossible ! Dites-m'en davantage.

— Il m'explique tout ! Je vais vous la lire, cette lettre !

Elle s'assit sur le lit, si énervée qu'elle avait du mal à déchiffrer par endroits la missive. Enfin, elle commença ;

« Je vous aime, chérie, et je suis certain qu'il nous faut partir ensemble sans attendre que les choses deviennent plus difficiles encore. Je sais que je prends un grand risque en confiant ces lignes au bouquet que Son Excellence vous apportera en personne.

» Le seul serviteur à qui je puisse faire confiance est celui qui doit arranger le bouquet. Il m'a affirmé qu'on ne trouverait personne à qui se fier pour vous joindre, dans tout le personnel de votre oncle. Aussi, je n'ai plus qu'à tenter ce moyen en priant le ciel pour qu'il réussisse.

» Voici ce que j'ai projeté : tout dépend de vous. Nous quitterons Dakar, demain matin de bonne heure, sur un bateau anglais qui se rend directement d'ici au Cap.

» Nous nous trouverons en sécurité à bord, puisque le bateau est considéré comme territoire britannique. Nous pourrons nous faire marier par le commandant, quand nous serons en haute mer. Il faudra longtemps pour nous retrouver, avant que nous ne revenions en France et alors, il sera impossible à lord Orsett, comme à n'importe qui d'autre, de défaire ce qui aura été noué. »

Yvette eut un soupir de bonheur :

— Il veut dire qu'il sera impossible de déclarer notre mariage nul parce que je l'aurai contracté sans la permission de mon tuteur. D'ailleurs, quand nous regagnerons la France, j'aurai peut-être un bébé !

Kelda, un peu surprise, attendit la suite de la lettre, afin de savoir comment Rémy comptait organiser le départ d'Yvette.

— Il m'écrit beaucoup de choses tendres et merveilleuses, à propos de ce que sera notre vie après notre mariage, dit Yvette. Mais je vais vous lire la partie importante de sa lettre :

« Comme vous pouvez l'imaginer, Dakar est comme une ville de province, et l'on peut tout savoir de ce qui s'y passe. Je sais donc que votre oncle fait une promenade à cheval chaque matin et que vous l'avez accompagné, aujourd'hui, Kelda et vous. Demain, il sortira sans doute à la même heure, et il faudra que vous vous disiez malade et que Kelda, seule, l'accompagne.

» Je guetterai leur départ et, dès qu'ils seront loin, je viendrai à la maison de lord Orsett avec une voiture. Je dirai aux domestiques que l'on vient d'informer le gouverneur général que l'un de vos parents est dangereusement malade, en France, et que vous devez partir immédiatement pour vous rendre à son chevet.

» Il vous faudra être prête à me rejoindre aussitôt que j'entrerai dans le hall. Nous gagnerons le port le plus vite possible et nous monterons à bord du bateau, qui partira à sept heures et demie... »

Kelda poussa un grand soupir et Yvette, émerveillée, s'exclama :

— Est-ce que Rémy n'est pas extraordinaire ? Les serviteurs seront bien trop surpris pour essayer de nous empêcher de partir. Et nous serons loin de Dakar avant même qu'oncle David et vous soyez revenus de votre promenade !

— On dirait vraiment que c'est possible... commenta Kelda. Mais que comptez-vous faire pour vos vêtements ?

— Mes vêtements ! s'exclama Yvette. (Elle se tordit les mains en se lamentant :) Bien sûr ! Rémy n'y a pas pensé ! Comment vais-je pouvoir aller jusqu'au Cap avec seulement la robe que je porterai en quittant la maison ?

Kelda réfléchissait. Au bout d'un moment, Yvette reprit :

— Mais cela ne fait rien ! Je partirais d'ici toute nue, s'il le fallait, pour pouvoir épouser Rémy et ne plus jamais entendre parler du gouverneur général ni de l'oncle David.

— Attendez ! dit Kelda. Je crois que j'ai une idée !

— Quoi donc ?

— Nous ne pouvons pas demander que l'on nous descende une malle du grenier. Cela étonnerait les domestiques et votre oncle en entendrait parler, mais rien ne vous empêche de vous montrer un peu fantaisiste et d'emballer vos toilettes dans des couvertures.

Yvette la regarda, stupéfaite, puis elle poussa un cri de joie :

— Oh ! Kelda ! Kelda ! Comme vous êtes maligne ! Bien sûr, je vais le faire ! Les domestiques trouveront cela étrange, mais peu m'importe ! Rémy doit surveiller votre départ, je surveillerai de mon côté son arrivée à lui, et je ferai descendre les ballots par les femmes de chambre, nous les mettrons dans la voiture de Rémy.

Kelda et Yvette se levèrent d'un même élan. Puis Kelda eut une nouvelle idée.

— Demain matin, il nous faudra convaincre lord Orsett que vous n'êtes pas assez bien pour faire cette promenade. Il vaudra mieux que les femmes de chambre vous trouvent au lit. Nous allons donc nous servir de mes couvertures à moi.

— Vous croyez vraiment que si je fais juste semblant d'être malade ou fatiguée, elles en préviendront oncle David ?

— Mieux vaut ne prendre aucun risque. Nous ignorons si lord Orsett vous fait espionner, ou non. Ce serait une lourde faute de sous-estimer son intelligence. (Les sourcils froncés, Kelda réfléchissait :) Il doit quand même être surpris par votre soumission et par l'absence de toute allusion à Rémy, bien que vous lui ayez avoué vos fiançailles, le premier soir...

— Nous avons joué sur le fait qu'il connaissait mal les femmes ! rappela Yvette.

— C'est, cependant, un homme très intelligent. Alors, il doit trouver curieux que vous ayez accepté la demande en mariage du gouverneur général sans un mot de protestation, et sans même suggérer un report de deux ou trois mois pour le mariage. Non ?

— Oui, dit Yvette. Sur ce dernier point, j'ai sans doute commis une erreur.

— Cela n'a plus d'importance, mais nous ne pouvons plus nous permettre le moindre faux pas. Les femmes de chambre viendront nous réveiller à six heures trente et, moi, je serai déjà prête. Vous, vous ne bougerez pas quand on ouvrira vos rideaux. Alors, je descendrai et dirai à votre oncle que vous ne vous sentez pas bien, et que vous préférez passer la matinée au lit.

Il leur fallut du temps pour rouler les plus belles toilettes d'Yvette dans des couvertures et pour les fermer avec des épingles de sûreté, de façon à fabriquer des ballots que l'on puisse transporter rapidement jusqu'à la voiture. Comme il n'y avait plus de place pour les chapeaux et les ombrelles, elles se rabattirent sur l'enveloppe de l'édredon d'Yvette et remplirent une taie d'oreiller avec des chaussures. Puis elles cachèrent le tout dans la garde-robe de Kelda.

Yvette se jeta au cou de Kelda :

— Merci ! Merci ! Oh ! ma chère Kelda, si je parviens vraiment à m'enfuir demain, je vous en serai reconnaissante pour le reste de mes jours !

— Bien sûr que vous partirez demain ! Si cette tentative échouait, vous ne retrouveriez plus jamais l'occasion de la réaliser !

— Je le sais, et je vais prier pendant toute la nuit ! (Elle alla jusqu'à la fenêtre et regarda le ciel plein d'étoiles :) Je peux vous dire une chose,

Kelda. Nous allons être mariés par le commandant d'un bateau anglais, mais, dès que nous serons au Cap, nous chercherons une église catholique pour qu'on bénisse notre union dans notre propre religion.

— Je suis sûre que Rémy a déjà prévu cela, fit Kelda en souriant.

— C'est vrai, il pense à tout ! Vous comprenez, n'est-ce pas, que je sois folle de lui ?

— Il est très intelligent, et vous aussi. Quand il sera président du Conseil, en France, vous saurez très bien l'aider à jouer son rôle.

Elles se mirent à rire avec un peu de nervosité, car les larmes de l'émotion n'étaient pas loin.

Enfin, sachant combien la journée du lendemain serait difficile, elles se séparèrent et gagnèrent leurs lits.

10

Kelda, cette nuit-là, eut bien du mal à s'endormir...

Elle ressentait tout le poids de sa responsabilité. La réussite des plans de Rémy tenait à si peu de chose ! Lord Orsett pouvait décider, à la dernière minute, d'annuler la promenade à cheval. Il pouvait changer d'avis en apprenant la défection d'Yvette. Et s'il s'attardait dans la maison, le bateau quitterait le port avant que Rémy et Yvette n'aient gagné le quai d'embarquement...

Il pouvait aussi se produire quantité d'autres contre-temps, impossibles à prévoir ! Bien avant l'aube, Kelda, incapable de trouver un véritable repos, se leva, passa la jolie tenue de cheval donnée par Yvette, et prépara, sur son lit, le chapeau, la cravache et les gants.

A six heures, elle entra chez Yvette qu'elle trouva, comme elle s'y attendait, déjà à moitié vêtue.

— Je me cacherai sous les couvertures, expliqua-t-elle, et la femme de chambre ne s'apercevra pas que je suis habillée.

— Ma femme de chambre frappe à ma porte avant la vôtre. Je pourrais lui dire qu'il est inutile de vous réveiller ?

— Oui, mais cela risque de leur donner le temps de prévenir mon oncle, objecta Yvette. Imaginez qu'il décide alors de ne pas monter !

— Vous avez raison ! Nous devons agir comme à l'ordinaire. Vous ferez semblant de dormir, et vous laisserez les femmes de chambre faire ce qu'elles font d'habitude, comme si vous alliez vous lever. (Elle poussa soudain un cri d'horreur :) J'avais oublié que votre garde-robe est vide ! Oh ! Yvette ! Il faut pourtant que nous pensions à tout ! Si nous faisions une erreur maintenant, nous serions perdues !

— J'y ai déjà songé, dit Yvette. Voyez : j'ai sorti ma tenue de cheval et je l'ai posée sur ce fauteuil, avec ce qu'il me faut pour la promenade. J'ai fermé à clef la porte de la garde-robe, pour être bien sûre qu'on ne l'ouvrira pas.

— Vous avez été plus prévoyante que moi ! remarqua Kelda. Ma seule excuse, c'est que j'ai perdu l'habitude d'avoir autant de vêtements à ma disposition !

— Je vous en laisse encore quelques-uns, dans la garde-robe, outre ceux qui sont déjà à vous. Et, après ce que vous avez fait pour moi, quand vous nous rejoindrez à Paris, je vous offrirai les plus jolies toilettes qu'une jeune fille puisse désirer !

— Quand croyez-vous que vous serez à Paris ? demanda Kelda.

Yvette sentit l'angoisse qui vibrait dans la voix de son amie :

— Je sais, chérie, que vous avez peur qu'oncle David vous renvoie immédiatement en Angleterre, en disgrâce. Voici tout l'argent que j'ai sur moi. Il y en a assez pour que vous puissiez gagner Paris. (Après un silence, elle ajouta :) Comme Rémy l'a suggéré, dès votre arrivée, vous vous rendrez chez ma tante, pour m'y attendre. Je lui écrirai du Cap, pour lui apprendre les événements. Mais voici une lettre d'introduction, qui l'instruit de ce que vous avez fait pour moi.

— Comment avez-vous pu penser à cela, dans un pareil moment ?

— Il est naturel que je pense à vous, je vous aime beaucoup, Kelda ! Et sans vous, sans vos conseils, je suis certaine que je serais incarcérée dans un donjon, ou enfermée dans un grenier, où Rémy n'aurait jamais pu me retrouver !

Kelda protesta faiblement :

— Mais... Je ne voudrais pas être un fardeau... un embarras... pour vous !

— Ne redoutez pas cela ! Rémy et moi, nous veillerons sur vous, et je vous promets une chose : vous ne retournerez jamais auprès de cet horrible vieux dragon au pensionnat, pour y être traitée comme vous l'y étiez !

Les larmes jaillirent des yeux de Kelda et elle embrassa Yvette. Mais l'unique chose importante, ce jour-là, étant qu'Yvette fût prête à retrouver Rémy, les jeunes filles recommencèrent à dresser leur plan de bataille. Puis Kelda laissa son amie.

Quand la femme de chambre entra, Yvette murmura d'une voix endormie :

— Je ne désire pas me lever tout de suite. Je vous appellerai un peu plus tard.

La domestique posa près du lit un plateau avec un pot de café et une brioche chaude. Kelda reçut le même ; puis elle vint rejoindre Yvette :

— Vous devriez manger votre brioche et boire un peu de café, conseilla-t-elle. Vous aurez besoin de vos forces pour agir.

Yvette sourit :

— La présence de Rémy me réconfortera ! D'ailleurs, je me sens plutôt comme si j'avais bu une immense coupe de champagne, et j'ai l'impression de flotter !

— C'est sûrement agréable de se sentir ainsi, mais attendez donc pour cela que le bateau ait gagné la haute mer, s'inquiéta Kelda.

Elle acheva de s'habiller, embrassa Yvette en lui disant au revoir et, à sept heures dix, sortit dans le couloir où les femmes de chambre attendaient.

— Mademoiselle est fatiguée, ce matin, leur annonça-t-elle. Elle a décidé de ne pas aller se promener. Mais restez là et faites attention : elle vous sonnera dès qu'elle aura besoin de vous.

Elle s'exprimait lentement, pour être sûre de bien être comprise. Puis elle descendit l'escalier.

Yvette et elle avaient déjà transporté les ballots de vêtements dans la chambre de la jeune fille, et les avaient déposés près de la porte. Tout habillée, en costume de voyage, Yvette n'attendait plus que le moment où lord Orsett et Kelda s'éloigneraient.

Kelda s'approchait maintenant de ces minutes cruciales où elle devrait apprendre à lord Orsett l'indisposition de sa nièce et lui laisser entendre qu'elle-même, Kelda, souhaitait quand même monter.

Ainsi qu'elles-mêmes, il ne prenait qu'un peu de café avant sa promenade matinale et déjeunait au retour, sur la terrasse.

Quand elle eut gagné le hall, elle aperçut, avec un vif sentiment de soulagement, les chevaux qui s'impatientaient au pied du perron.

Puis elle entendit un bruit de pas dans le couloir qui menait aux appartements privés de lord Orsett. Un instant plus tard, il apparut.

Moins agitée, moins troublée, Kelda aurait sans doute remarqué, comme la veille, sa grande élégance dans sa tenue de cavalier. Mais elle ne songeait qu'à Yvette et à son propre rôle dans l'évasion des jeunes amoureux.

Une seule faute, et tous leurs plans seraient ruinés...

— Bonjour, miss Lawrence, dit lord Orsett.

Il lui parut de bonne humeur, peut-être parce qu'Yvette s'était montrée si charmante, la veille, avec le gouverneur et qu'elle ne s'était plus révoltée contre son projet de mariage.

— Bonjour, milord, répondit-elle. Je suis navrée d'avoir à vous informer qu'Yvette vous prie de l'excuser. Elle ne pourra pas monter ce matin.

— Elle est malade ?

— Non, pas malade, certes ! mais fatiguée, et, comme vous vous y attendiez, un peu bouleversée... Elle nous rejoindra au petit déjeuner, à notre retour. A moins, bien entendu, que vous ne préfériez que je ne vous accompagne pas.

Elle comptait un peu sur son esprit de contradiction, pour repousser cette suggestion.

— Il n'y a aucune raison pour vous priver de ce plaisir, dit-il aussitôt.

Kelda espéra que son visage ne trahissait pas son profond soulagement.

— Je serai contente de vous accompagner parce que vous m'avez promis de nous faire suivre un autre chemin, et j'espère ainsi découvrir d'autres animaux sauvages.

— Nous en verrons ! promit lord Orsett. Mais surtout, j'ai décidé, ce matin, de vous emmener dans un village indigène. Un village de paillotes, qui vous intéressera sans doute, car l'on y fabrique les masques que vous avez admirés.

— Oh ! J'adorerai cela ! affirma Kelda. Je vous en prie, partons vite !

Lord Orsett sourit, amusé par son enthousiasme. Il n'était pas huit heures quand ils descendirent les marches et sautèrent à cheval.

Kelda était sûre que, caché quelque part, Rémy les guettait. Elle aurait voulu lui adresser un salut d'adieu, qui eût exprimé sa joie de voir s'exécuter son plan.

Cependant, elle pressa son cheval autant qu'elle le put, et ils furent bientôt hors de vue de la maison.

C'était une belle matinée, et le vent de la mer caressait les joues de Kelda pendant que les cavaliers suivaient un sentier sablonneux.

Elle fit un gros effort pour ne pas songer à ce qui se passait en ce moment derrière eux.

Lorsqu'ils eurent ralenti leur allure, elle remit lord Orsett sur le sujet qui l'intéressait par-dessus tout : l'Afrique et son livre.

— Je songeais cette nuit à ces pratiques magiques que l'on associe souvent à l'Afrique. Avez-vous fait de telles recherches, pour votre livre ?

— Bien entendu ! Ces pratiques tiennent une grande place dans la vie des peuples primitifs, reconnut lord Orsett. Au moment de me coucher, je me suis souvenu d'une incantation qui vous intéresserait peut-être.

— Je vous en prie, récitez-la-moi !

— Il s'agit d'un sorcier qui, avant sa consultation, invoque la Vérité. Voilà la partie de l'incantation à laquelle je pensais.

David Orsett releva la tête, regarda droit devant lui et commença :

« Que sera aujourd'hui ?
« Échec ou succès ? Mort ou vie ?
« Quel esprit malin interpose son ombre
« Entre la Vérité et moi ? »

— Quelle subtilité ! s'exclama Kelda.

La citation lui semblait applicable aux événements du jour, et elle se demanda si, de façon obscure, lord Orsett n'avait pas eu l'intuition qu'il se passait quelque chose d'étrange.

— Cette incantation, reprit lord Orsett, se termine par une phrase que je trouve tout à fait poétique :

« Voici le soleil qui se lève
» Regarde venir la Vérité sur ses rayons. »

— C'est fort joli, reconnut Kelda. (Il y eut un silence, puis elle reprit :) J'ai très envie de lire votre livre !

— Le premier volume est pratiquement fini.

Kelda lui adressa un regard interrogateur. Avec un léger sourire, il poursuivit :

— Si vous ne trouvez pas trop difficile de lire le manuscrit, je vous le prêterai.

— Cela me plairait beaucoup ! dit Kelda avec sincérité.

Puis elle se souvint que, dès leur retour à la demeure de lord Orsett, il ne serait plus question pour elle de lire un manuscrit ni de rester sous son toit ! Elle n'aurait sans doute que le temps de faire ses paquets et de prendre le premier bateau.

Cette perspective l'attrista. Elle n'avait pas assez parcouru Dakar pour approcher comme elle l'aurait voulu ce pays et ses habitants.

Elle gardait le silence, en songeant à tout ce qu'elle allait manquer. Lord Orsett s'en aperçut :

— Qu'est-ce qui vous inquiète ? s'enquit-il.

Kelda, surprise, le questionna.

— Pourquoi supposez-vous que je suis inquiète ?

— Je suis beaucoup plus intuitif et sensible que vous ne paraissez le croire !

Pendant quelques minutes très angoissantes, Kelda crut qu'il allait lui dire qu'il savait tout de leurs plans et qu'Yvette se trouvait enfermée dans sa chambre, sans la moindre chance de jamais rejoindre Rémy...

Mais il continuait :

— Vous êtes, je le devine, une personne douée d'une sensibilité très vive, miss Lawrence. Les gens comme vous possèdent une sorte d'aura qu'on peut saisir, quand on est doué pour cela. C'est mon cas et je suis certain que quelque chose vous bouleverse, en ce moment !

— Si c'était vrai, cela ne saurait durer, par une aussi belle matinée, et dans un pareil décor !

Après un silence, Kelda regarda autour d'elle et s'écria :

— Oh ! Là-bas... ! Je parie que c'est le village ! J'aperçois le sommet pointu des paillotes.

— Vous avez raison... Mais j'espère que vous me ferez part de vos soucis et de vos chagrins sur le chemin du retour, insista lord Orsett.

Kelda découvrit dans le village beaucoup de choses qui l'intéressèrent vivement. Cependant, elle ne cessait de redouter l'instant où, revenu chez lui, lord Orsett découvrirait la fuite d'Yvette. Aussi s'arrangea-t-elle pour passer beaucoup de temps à admirer les artisans. Elle put aussi écouter de la musique.

Un grand jeune homme, taillé en athlète, joua pour eux, sur sa calebasse, un accompagnement au rythme obsédant. Kelda imaginait très bien que l'on pût chanter ou danser sur un pareil fond sonore.

— La prochaine chose que je vous montrerai, à Yvette et à vous, poursuivit lord Orsett, ce sera la danse. Ici, la danse est mêlée à tous les aspects de la vie.

— Ce doit être fascinant, murmura Kelda.

Elle parvenait mal à maîtriser le tremblement de sa voix. Elle n'ignorait pas qu'elle allait quitter Dakar sans avoir admiré la moindre danse. Il ne lui resterait qu'à les imaginer, comme elle avait dû, dans le passé, se contenter de rêver ou de se souvenir.

Sur le chemin du retour, elle observa avec passion les arbres, les fleurs, les fruits, les animaux et jusqu'aux indigènes qui circulaient entre les villages : les femmes, des fardeaux posés sur leurs têtes, les hommes travaillant dans les champs avec des instruments remontant à l'antiquité.

Vint le moment où la mer apparut au bout du sentier et, à l'horizon, la superbe demeure. Le cœur de Kelda se mit à battre douloureusement. La gorge serrée, les lèvres sèches, elle avait du mal à répondre aux propos de lord Orsett.

Deux grooms les attendaient au bas du perron et ils vinrent se placer à la tête des chevaux tandis que lord Orsett descendait de selle et se tournait vers Kelda pour l'aider.

Elle entra dans le hall et, derrière les serviteurs, elle aperçut tout de suite l'homme qui était venu les accueillir sur le quai, Yvette et elle.

— Bonjour, Bonnier ! fit lord Orsett.

Sa voix trahissait une légère surprise.

— Je dois informer Votre Seigneurie, commença M. Bonnier, que peu de temps après votre départ une voiture est venue du Palais avec un message de Son Excellence disant que l'un des proches parents de Mademoiselle était très malade, à Paris. Elle devait partir tout de suite, par un bateau qui a quitté Dakar à sept heures et demie.

Dès que Bonnier avait commencé à parler, lord Orsett s'était immobilisé pour l'écouter. Incapable d'aller plus loin, Kelda l'imita.

Après un instant de réflexion, David Orsett demanda :

— Mademoiselle a-t-elle pris ce bateau ?

— Je le crois, milord. Elle était déjà partie lorsqu'on m'a informé de ce qui venait de se passer.

— Qui est venu la chercher ?

Kelda retint son souffle. Bonnier expliquait :

— J'ignore son nom, milord. Un jeune homme, l'un des conseillers de Son Excellence, je crois.

Lord Orsett se tourna vers Kelda, pour la première fois depuis que Bonnier parlait :

— Je voudrais m'entretenir avec vous, miss Lawrence, lança-t-il d'une voix glacée qui la fit frissonner de terreur.

Il traversa le hall et elle le suivit, jusqu'au salon où elle l'avait vu pour la première fois. Il referma la porte et se tourna vers elle :

— Vous saviez ce qui allait se passer, miss Lawrence. J'exige une explication !

Kelda crut qu'elle ne pourrait jamais lui répondre. Enfin, s'efforçant non sans mal de maîtriser sa voix, elle dit :

— Je ne pense pas que vous ayez pu croire... que l'amour d'Yvette pour Rémy Mancel lui aurait jamais permis... de se soumettre à vos plans pour lui faire épouser le gouverneur général, ou n'importe qui d'autre ?

Il demanda d'un ton furieux :

— Qui a organisé tout cela, et comment ?

— Quelle importance ? Ils vont se marier sans votre consentement, et vous n'y pouvez rien !

— Si ! Je peux faire arrêter le bateau à Saint-Louis ! De toute façon, quand ils arriveront à Marseille, je ferai accuser cet homme de détournement de mineure, et il se retrouvera en prison, affirma lord Orsett.

Il parlait si fort que sa voix résonnait dans la pièce et semblait l'emplir.

— Croyez-vous que vous puissiez faire cela à Yvette, demanda Kelda, si, à ce moment-là, elle attend un enfant ?

L'expression du visage de lord Orsett apprit à Kelda qu'il n'avait pas envisagé cette éventualité.

Il poussa une exclamation rauque, se détourna et s'approcha d'une fenêtre. Et il resta là, un long moment, à regarder la mer. Kelda devinait ce qu'il pouvait ressentir, à présent que ses plans étaient détruits.

Elle murmura, non sans hésitation :

— Je suis vraiment désolée... Vous êtes très en colère, bien sûr ! Mais l'amour, le véritable amour... On ne peut pas le supprimer... ou l'oublier en un instant... comme vous sembliez l'imaginer.

Il ne bougea pas et ne lui répondit rien. Kelda finit par reprendre :

— Yvette sera heureuse... Elle est si charmante ! Vous souhaitiez son bonheur, n'est-ce pas ?

Aucune réponse... Puis, d'un ton tranchant, lord Orsett ordonna :

— Montez dans votre chambre et changez-vous ! Je vous attends, ici, dans vingt minutes !

Kelda aurait voulu savoir où ils iraient à ce moment-là, mais elle avait beaucoup trop peur de lui pour oser le questionner.

Elle ouvrit la porte, se glissa dans le hall et atteignit les escaliers. Elle parvenait à l'étage quand elle l'entendit appeler M. Bonnier.

« Il veut peut-être prendre ses dispositions pour me renvoyer en Angleterre ! » songea-t-elle.

A cette perspective, il lui sembla tomber dans un abîme de désespoir.

« Si je dois partir, je partirai seule ! décida-t-elle. Mais, aussi gentils que soient pour moi Rémy et Yvette, jamais, jamais plus je ne me sentirai heureuse comme je l'ai été ici. »

Elle se pencha sur la balustrade du palier et vit M. Bonnier qui se hâtait de rejoindre lord Orsett.

« Que va-t-il m'arriver, à présent ? se demanda-t-elle ? »

Comme à la mort de ses parents, elle éprouvait la sensation d'un univers qui s'écroulait autour d'elle, la laissant seule, en proie à la terreur et au désespoir.

11

Kelda descendait lentement l'escalier et chaque marche lui coûtait un nouvel effort.

La femme de chambre avait préparé le bain qu'elle prenait après sa promenade à cheval et, tout en se plongeant dans une eau parfumée, la jeune fille s'était souvenue des difficultés qu'elle éprouvait pour se laver, au pensionnat de Mrs Gladwin.

Les élèves prenaient des bains, bien sûr, mais si Kelda, elle, souhaitait en faire autant, elle n'avait à sa disposition qu'une salle d'eau désaffectée, près de la cuisine.

Il fallait y transporter l'eau dans des seaux trop lourds pour elle, ou se laver à l'eau froide en s'essuyant dans les serviettes en loques que lui destinait Mrs Gladwin.

Pouvoir prendre un bain bien préparé, se glisser ensuite dans des vêtements fraîchement repassés, cela, elle l'appréciait chaque jour davantage depuis son arrivée dans la maison de l'oncle d'Yvette.

Mais ce genre de vie allait se terminer et elle quitterait à la fois la maison et le Sénégal, sans même avoir eu le temps d'en découvrir toutes les beautés. Il ne lui en resterait que le souvenir...

La porte du hall était ouverte et Kelda jeta un regard nostalgique sur la flamme rouge des hibiscus puis, plus loin, sur l'exubérance d'un véritable mur de bougainvillées pourpres.

Depuis son arrivée à Dakar, la couleur somptueuse des fleurs la réchauffait autant que les rayons du soleil. A la pensée de l'hiver glacial qui, en ce mois de janvier, sévissait sur l'Angleterre, elle eut un frisson d'appréhension.

L'effroi de l'entretien qui l'attendait la reprit. Elle entra dans le salon où l'attendait lord Orsett en essayant de dissimuler sa peur.

Il se trouvait au fond de la pièce et, en s'approchant de lui, elle eut la sensation de couvrir une distance incalculable, tant sa frayeur augmentait.

Elle osait à peine le regarder : elle savait trop bien qu'il aurait ce visage glacé qui l'avait épouvantée un moment plus tôt.

Quand elle fut devant lui, il attaqua, d'une voix âpre, comme elle s'y attendait :

— J'ai décidé de vous offrir un choix !

A ces mots, Kelda lui jeta un coup d'œil rapide : il avait en effet ces traits crispés, rigides, qu'elle redoutait. Elle répéta :

— Un... Un choix ?

— Vous avez, de connivence avec ma nièce, détruit tous les plans que j'avais soigneusement élaborés ! A présent, je vous donne le choix entre le Palais et le Palais de justice.

Kelda, stupéfaite, finit par demander d'une voix tremblante :

— Vous voulez... me faire mettre en prison ?

— A vous de juger ! Après ce qui vient de se passer, je vous donne le choix entre prendre la place de ma nièce en épousant le gouverneur général... ou m'épouser, moi.

Kelda poussa un cri et, sans songer à ce qu'elle disait, elle s'exclama :

— Vous êtes fou !

— Je serais plutôt pratique ! J'ai fait venir Yvette ici dans un but particulier et, puisque toutes deux, vous avez bafoué mon autorité et tout arrangé à votre guise, il ne vous reste plus, à vous, qu'à réparer les dégâts.

— Mais... c'est impossible, gémit Kelda. Vous ne pouvez pas vouloir sérieusement que j'épouse le gouverneur... ou vous !

— C'est pourtant exactement ce que je veux ! Je vous l'ai expliqué, il est très important pour l'avenir de Dakar que des femmes européennes viennent s'y établir et y contrebalancer l'influence masculine. Vous êtes ici juste au bon moment et le choix vous appartient !

— Vous croyez... Vous croyez, vraiment... que je vais accepter une chose pareille ! que je me marierai... dans de telles circonstances ?

— J'ai bien peur que vous n'ayez pas... d'autre issue ! Mais, s'il faut un argument quelconque pour couper court à toute discussion, je puis vous assurer que, si vous acceptez, je n'engagerai pas de poursuites contre ce jeune homme que vous avez jugé un mari digne de ma nièce.

Kelda comprit alors que lord Orsett la mettait en demeure d'accepter cet étrange marché.

En même temps, elle se révoltait devant ce piège, aussi diabolique que celui déjà tendu à Yvette.

Comment épouser un homme tel que le gouverneur général ? D'abord, il était vieux, et ensuite, il n'avait jamais pensé à elle autrement que comme à la compagne de la jeune fille dont il désirait faire son épouse !

Quant à lord Orsett...

Tout à coup, il lui apparut clairement qu'elle avait là une occasion de ne pas quitter Dakar, de rester au soleil, parmi les fleurs, sans plus avoir à redouter la vie inconnue qui l'attendait en France ou en Angleterre.

Elle se retrouverait en sécurité, débarrassée pour toujours de la marque infamante d'« orpheline élevée par charité » qu'elle portait depuis si longtemps.

La perspective d'une pareille sécurité lui apparut enchanteresse. Mais il fallait compter aussi avec lord Orsett ! lord Orsett, furieux parce qu'elle avait bouleversé ses plans concernant sa nièce; lord Orsett, l'homme le plus effrayant qu'elle ait jamais rencontré ou même imaginé!

Sa voix vint interrompre le cours de ses réflexions:

— Alors? Vous avez fait votre choix? Je suppose que vous vous rendez compte de l'influence et de l'importance qu'aura ici la femme du gouverneur général?

Il se moquait d'elle, avec cette note de cynisme dans la voix qui apeurait plus encore que sa colère.

Elle joignit les mains et s'entendit demander, d'une petite voix tremblante:

— Est-ce que je dois vraiment faire ce choix?

— Vous pouvez parfaitement quitter le pays et regagner l'Angleterre. Pour ma part, je m'arrangerai alors pour punir le jeune Mancel.

Kelda comprit, au ton de sa voix, qu'il était inutile de quémander un peu de pitié ou de compréhension.

Elle avait pensé, la première fois qu'elle l'avait vu, qu'il appartenait à la race des conquérants implacables. Un homme que rien ne pouvait arrêter et qui ne supportait aucun obstacle.

S'il affirmait vouloir punir Rémy, il y parviendrait, sans doute, et détruirait du même coup son bonheur et celui d'Yvette.

D'autre part, et bien qu'elle se reprochât cette pensée égoïste, elle songea que, si lord Orsett parvenait à faire emprisonner Rémy, il ne lui servirait à rien de rentrer en France. Il ne lui resterait plus que la perspective du pensionnat où reprendrait la même vie de servitude qu'elle avait quittée pour gagner Dakar.

Comme s'il attendait impatiemment sa décision, lord Orsett sortit une montre de son gousset et la consulta. Alors, Kelda lui annonça d'une voix qu'elle ne reconnut pas:

— Je... Je vais vous épouser!

— Vous êtes bien sûre que c'est ce que vous désirez ? insista lord Orsett.

Kelda retint son souffle, puis elle déclara :

— Il y a quelque chose que je dois vous avouer... Je pense qu'ensuite vous ne voudrez pas m'épouser... Ni le gouverneur non plus !

Lord Orsett parut surpris. Kelda s'avança jusqu'à l'une des fenêtres, regarda la mer étincelante et les fleurs aux couleurs vives, sur la terrasse.

Ce qu'elle avait à avouer l'humiliait tant qu'elle ne pouvait pas supporter la vue de lord Orsett. Comme elle hésitait, il la brusqua :

— Eh bien ? J'attends !

— Je ne suis pas... ce que j'ai l'air d'être... Je suis venue ici comme une amie, une compagne d'Yvette. Ce n'est pas la vérité, commença-t-elle.

Elle s'interrompit. Lord Orsett ne fit aucune remarque, mais elle eut l'impression qu'il se rapprochait d'elle.

— Quand mon père et ma mère ont été tués... dans un tremblement de terre, en Turquie, on m'a d'abord placée dans un orphelinat... (Elle ne put retenir un léger sanglot avant de poursuivre.) J'étais devenue une « enfant assistée », comprenez-vous ?... J'y suis restée trois ans. Puis, à quinze ans, on m'a envoyée au pensionnat de Mrs Gladwin, en qualité de... servante.

— Une servante ? répéta lord Orsett, comme s'il croyait avoir mal entendu.

— Une bonne à tout faire, oui ! Une domestique, qui exécutait les gros travaux... Frotter les planchers... Faire la vaisselle... En réalité, j'étais la dernière de tout le personnel, cria presque Kelda.

Jugeant que lord Orsett était trop étonné pour parler, elle se hâta de terminer son histoire :

— Il y a deux ans, on m'a chargée de servir les professeurs... d'aider les élèves, pour leurs vêtements et leur couture...

Elle voulait, pour quelque obscure raison, se montrer tout à fait honnête. Elle ajouta donc :

— Je me suis occupée particulièrement d'Yvette de Villon parce que je voulais exercer mon français. C'est alors qu'elle m'a prise en amitié.

Elle se retourna vers lord Orsett, et sa silhouette se détacha contre le soleil.

— Quand vous avez demandé qu'on vous envoie Yvette, personne ne voulait l'accompagner en Afrique. Tous les professeurs avaient refusé. Alors, on m'a ordonné de l'accompagner... comme femme de chambre ! Et de revenir, par le prochain bateau.

Elle n'osait toujours pas regarder lord Orsett.

— Qui a eu l'idée de vous faire passer pour une amie d'Yvette et de vous faire porter ses vêtements ? demanda-t-il.

— Je portais une robe grise, comme celles que j'avais à l'orphelinat. Rémy Mancel a pensé que je pourrais... peut-être... mieux vous convaincre que son mariage avec Yvette était souhaitable... si j'étais convenablement habillée.

— Vous vous attendiez donc à une opposition de ma part à un tel mariage ? Avant même d'avoir touché l'Afrique, vous vous proposiez de me tromper ?

— Yvette craignait que vous ne la jugiez trop jeune pour se marier... Jamais, même dans ses imaginations les plus folles, elle n'aurait pensé que vous aviez organisé ses noces avec un vieil homme... qu'elle n'avait jamais vu, rappela Kelda.

— Beaucoup de femmes auraient trouvé cet arrangement des plus désirables, du point de vue social ! répliqua lord Orsett.

— Mais Yvette était amoureuse !

— Eh bien ! La question ne se pose pas pour vous, j'imagine !

— Croyez-vous vraiment qu'un Français accepterait d'épouser une « enfant assistée » ? On m'a dit qu'ils étaient plutôt snobs...

— Nous n'allons pas discuter de ce que pensent

ou ne pensent pas les Français sur un pareil sujet. Vous venez de me dire que vous préférez m'épouser, moi, rappela avec sévérité David Orsett.

— Vous voulez encore... Vraiment, pouvez-vous souhaiter épouser une femme qui a passé huit années dans une position telle qu'on la considérerait comme une lépreuse, dans la bonne société ?

La voix de Kelda trahissait sa colère. Elle supposait que lord Orsett prenait plaisir à la torturer. Elle lui avait dit la vérité et il se délectait sans doute à faire miroiter à ses yeux la position qui aurait pu être la sienne si elle avait gardé le silence.

Comme s'il devinait ses pensées, il fit observer:

— Vous n'aviez pas besoin de me dire tout cela !

— Et si vous l'aviez appris plus tard ? Si les journaux avaient publié la vérité sur ce qu'était votre femme, avant de devenir une grande dame, grâce à vous ? (Kelda soupira en achevant:) Je vous ai dit la vérité, et maintenant, je suppose que vous allez prendre vos dispositions pour me renvoyer en Angleterre, par le prochain bateau !

— Vous désirez donc regagner l'Angleterre ?

Kelda eut envie de crier que c'était bien la dernière chose qu'elle désirait. Mais elle préféra continuer à se montrer tout à fait sincère:

— Yvette et Rémy ont promis de m'aider à trouver une situation à Paris, si je parviens à les y rejoindre.

— Quelle situation ? demanda lord Orsett, d'une voix tranchante.

— Rémy Mancel a trois sœurs. Il est sûr qu'elles me prendront comme professeur d'anglais pour leurs enfants.

— Ainsi, vous préférez travailler comme gouvernante, comme subalterne dans une maison riche, plutôt que de rester ici et de m'épouser !

Dans le silence qui suivit, Kelda dévisagea lord Orsett:

— Voulez-vous dire... reprit-elle au bout d'un

instant, voulez-vous dire qu'après ce que je viens de vous apprendre... maintenant que vous connaissez toute la vérité à mon sujet... vous souhaitez encore m'épouser ?

— J'ai horreur de bouleverser mes plans, trancha lord Orsett, comme si c'était là une explication suffisante. Si vous êtes prête, nous allons nous rendre au Palais de Justice, car la mairie n'est pas achevée. Là, le maire de Dakar nous unira, selon la loi française.

Kelda resta stupéfaite :

— Vous... Vous êtes sûr... que vous avez raison ?

— C'est la décision que j'ai prise !

Elle resta là, silencieuse, sentant bien qu'elle ne pouvait plus rien objecter.

Ne rêvait-elle pas ? Allait-elle vraiment épouser un homme qui la regardait avec colère et même avec dégoût ?

Mais comment agir autrement ? Si elle refusait, il persécuterait Rémy. Et d'ailleurs, si elle s'enfuyait, où irait-elle ?

Il la précéda pour ouvrir la porte et elle passa devant lui sans le regarder. Elle avait trop peur de ce qu'elle risquait de lire sur son visage.

Une voiture découverte, surmontée d'un dais blanc, les attendait devant la porte. Kelda y monta et, tandis qu'ils s'éloignaient de la maison, elle songea que jamais elle n'aurait imaginé qu'un jour elle se marierait à Dakar, dans de telles circonstances.

Devant le bonheur de Rémy et d'Yvette, si amoureux, si heureux d'être ensemble, elle avait prié, dans le secret de son âme, pour trouver le grand amour, elle aussi.

Depuis la mort de ses parents, personne ne l'avait aimée, personne, à l'exception d'Yvette, ne lui avait témoigné la moindre amitié.

Elle savait que quelque chose, en elle, ne pourrait s'exprimer que par l'amour. La beauté dont elle jouissait en écoutant de la musique, de la poésie, en contemplant le flamboiement des fleurs sauvages ou la splendeur d'un paysage ensoleillé faisait partie de ces émotions qu'elle ne découvrirait dans leur totalité que grâce à l'amour.

Et pourtant, elle allait se marier sans l'ombre de cet amour... En y songeant, il lui semblait qu'une main glacée se posait sur son cœur.

« Je vais me marier ! » se répétait-elle comme pour s'en convaincre.

Comment y croire !

Elle eut une réaction bien féminine et jeta un coup d'œil sur sa toilette, afin de juger si elle suffisait pour un tel événement.

Elle n'avait pas choisi la robe qu'elle portait. Elle était bien trop effrayée par la colère de lord Orsett, bien trop occupée à se demander quelle punition il allait lui infliger ! Sa femme de chambre avait sorti une robe à son goût.

Elle constata qu'il s'agissait d'une des toilettes favorites d'Yvette, une robe rose, avec une broderie de fleurs qui se reproduisait dans la garniture de son petit chapeau.

Ainsi, en ce jour solennel, elle ne porterait pas de blanc, comme la tradition le veut pour une mariée.

Kelda considérait le rose comme la couleur de l'amour. Mais, pour elle, pour son propre mariage, il n'était pas question d'amour. Il n'y avait que de la crainte et des doutes...

Ils arrivèrent assez vite devant le Palais de Justice. M. Bonnier les attendait devant la haute porte, largement ouverte.

Kelda comprit alors que les arrangements de lord Orsett étaient pris avant même qu'il lui eût donné le choix entre le gouverneur et lui. Avant même d'apprendre ce qu'elle lui avait confié de sa vie misérable, il n'avait pas douté qu'elle accepterait de l'épouser et qu'elle le choisirait, lui.

Il avait semblé persuadé qu'elle allait se décider pour la brillante position de femme du gouverneur, mais pendant ce temps, M. Bonnier s'occupait de son mariage à lui.

En descendant de voiture, elle l'entendit annoncer :

— Tout est arrangé, milord. Le maire est prêt à vous recevoir.

Un officiel vint à leur rencontre, salua très bas lord Orsett et les conduisit à travers un dédale de couloirs, jusqu'à la partie du Palais qui servait de mairie provisoire.

Il ouvrit une porte et annonça :

— Lord Orsett, monsieur le maire !

Un Français d'un certain âge, ceint d'une large écharpe tricolore, se leva et adressa à lord Orsett un grand sourire amical.

La cérémonie commençait.

12

En regagnant la maison de lord Orsett, Kelda se disait que, depuis les quelques mots échangés devant le maire et qui les faisaient mari et femme, son époux ne lui avait pas adressé la parole.

Elle sentait qu'elle devrait prendre sur elle pour rompre un silence qui lui devenait intolérable, mais la timidité l'en empêchait.

Elle était mariée !... Elle était la femme de lord Orsett ! C'était si incroyable qu'elle avait peine à s'en persuader.

Ainsi, après huit années de misère et d'humiliations continuelles, après ces jours terribles où Mrs Gladwin ne cessait de la harceler de ses reproches, elle se retrouvait dans une position sociale qui semblerait enviable à n'importe quelle élève du pensionnat !

Quelle revanche ! Pas une d'entre elles qui n'aurait souhaité prendre sa place ! Elle les avait assez souvent entendues parler ! Elles désiraient toutes un mari très riche et qui appartînt à l'aristocratie !

L'amour ne semblait pas entrer dans leurs calculs. Elles se contentaient de parler en ricanant des compliments que leur adressaient des jeunes gens, rencontrés pendant les vacances. Mais, quand il s'agissait de leurs futurs mariages, elles ne s'intéressaient qu'à la place qui serait la leur dans la société. Elles envisageaient même la possibilité, dans certains cas, d'un mariage arrangé entre leurs parents et ceux du futur fiancé.

Kelda les écoutait peu, son esprit étant toujours occupé par ce qu'elle parvenait à apprendre dans les livres qu'elle empruntait. A présent, tous ces bavardages lui revenaient. Sans aucun doute, n'importe quelle mère d'élève du pensionnat Gladwin aurait été enchantée pour sa propre fille d'un mariage tel que le sien.

« Oui, mais moi, je désirais l'amour » songeait Kelda.

Elle se reprocha son exigence. Elle devrait se sentir ravie, pleine de gratitude envers un destin qui lui épargnait le terrible retour au pensionnat, ou même à Paris, pour y occuper une position subalterne, comme le disait lord Orsett.

Mais, quand elle pensait que cet homme silencieux, assis près d'elle, était son époux, l'angoisse l'étreignait et elle se sentait incapable de prononcer un mot.

La voiture s'engagea entre les grilles de fer forgé et longea les immenses buissons d'hibiscus flamboyants.

« Voilà mon foyer, pensa-t-elle. Ce que je n'ai plus jamais eu depuis mon enfance ! »

— Nous allons déjeuner tout de suite, dit lord Orsett, quand la voiture s'arrêta. Vous n'avez pas pris votre petit déjeuner et vous devez mourir de faim.

Il s'exprimait sur le ton de la conversation ordinaire et Kelda réussit à lui répondre :

— Oui... C'est vrai... Il me semble à présent que j'ai vraiment faim... milord...

Peut-être aurait-elle dû cesser de l'appeler « milord », mais elle était sans hardiesse pour s'adresser à lui d'une autre façon.

Elle ne voulait pas le faire attendre et elle renonça à monter se changer. Elle ôta son chapeau dans le hall, le tendit à un domestique, et tapota sa chevelure pour la remettre en place. Puis elle resta là, ignorant où lord Orsett désirait aller.

— Une bouteille de champagne ! ordonna-t-il. Et qu'on dise au chef que nous déjeunons.

Il se dirigea vers la terrasse et Kelda le suivit.

Le soleil dansait sur les vagues de l'océan, dans une lumière aveuglante. Le parfum des fleurs s'exhalait et une brise légère les caressait.

Kelda sentit une légère exaltation s'emparer d'elle, comme si elle avait déjà bu du champagne.

Elle n'avait plus à redouter de perdre ce cadre enchanteur ! Elle pouvait rester ici, jouir de la beauté qui l'entourait sans avoir peur de se la voir arracher, sans même se soucier de trop parler ou de se trahir, car elle n'avait plus rien à cacher !

Elle contemplait le paysage comme si elle le voyait pour la première fois, quand elle se rendit compte que lord Orsett, installé sous un parasol, la regardait.

Elle se tourna vers lui :

— Tout cela est si beau ! lança-t-elle, dans un élan.

Elle avait prononcé souvent de tels mots pendant leurs promenades ou leurs visites aux villages indigènes. Elle ne cessait de s'exclamer de plaisir devant ce qu'elle découvrait.

Ces mêmes mots prenaient un sens nouveau, à présent : on ne lui enlèverait plus ce cadre merveilleux devenu son propre bien.

Les serviteurs apparurent avec le champagne, et David Orsett ne répondit pas. On emplit deux coupes et David en leva une, pour porter un toast à Kelda :

— A notre avenir, dit-il.

Des paroles qui surprirent la jeune fille.

— Je... J'espère que je vous rendrai... heureux... murmura-t-elle, après une hésitation.

Elle estima ses mots mal choisis. Elle avait le

sentiment qu'il ne serait jamais heureux. Son cynisme, son dégoût du monde semblaient trop ancrés en lui.

Elle essayerait tout de même. Sa mère lui aurait dit que c'était là son devoir. Mais elle s'y sentait mal préparée. Que savait-elle des hommes ? Rien, et surtout pas quand il s'agissait d'un être autoritaire et égoïste comme David Orsett. D'ailleurs comment aurait-elle pu prévoir la vie qu'elle allait mener ?

Elle se dit avec humilité qu'il n'aurait pas pu faire un plus mauvais choix. Il ne l'avait maintenu, sans doute, que parce qu'il détestait revenir sur une décision.

Il ne pouvait pas permettre que ses plans s'écroulent. Il lui fallait trouver une femme qui accepte de vivre à Dakar. Voilà tout... Et il avait jugé trop humiliant d'avouer au gouverneur que, non seulement sa nièce s'était enfuie pour ne pas l'épouser, mais encore que quelqu'un, habitant sa maison, l'avait aidée...

Kelda se sentit quelque remords à l'idée que lord Orsett s'était trouvé placé dans une situation difficile.

— Le déjeuner est servi ! annonça un serviteur.

Sans un mot, lord Orsett posa son verre et se leva.

Ils prirent le couloir conduisant à la salle à manger. Quand ils furent à table, Kelda se souvint que sa mère trouvait fort mal élevé de rester silencieux pendant un repas.

Elle chercha quelque chose d'aimable :

— Vous n'oubliez pas que vous avez promis de me faire lire votre manuscrit ? risqua-t-elle.

Ils parlaient en anglais. Si les serviteurs ne comprenaient pas leurs propos, au moins les verraient-ils converser amicalement.

— Je n'ai pas oublié !

— Comment avez-vous commencé cet énorme travail ?

— J'ai lu à peu près tout ce qu'on a écrit sur l'Afrique. Sur l'invasion des Phéniciens, des Grecs, des Byzantins et puis des premiers musulmans... Sans oublier les Romains ni les Vandales...

— Cela me semble passionnant, mais très difficile.

— C'est vrai. Mais je crois que vous en savez déjà assez. Vous serez capable de juger ce que j'ai écrit.

— Ce sera pour moi une expérience enrichissante...

Ils parlèrent des différentes races habitant en Afrique. Kelda observa que David Orsett perdait son expression coléreuse. L'entretien intéressait réellement la jeune fille. Aussi, tandis qu'elle multipliait ses questions, parvint-elle à oublier l'étrange lien qui l'unissait à son compagnon.

Le café servi, lord Orsett prit un verre de cognac et les serviteurs se retirèrent.

Alors, pour la première fois depuis le début du repas, Kelda se sentit très embarrassée.

Elle aurait aimé poser beaucoup de questions concernant leur avenir commun et elle ne savait comment s'y prendre.

Lord Orsett l'examinait d'un air songeur: que pensait-il d'elle ? Kelda redoutait de l'apprendre.

Tout à coup, la porte s'ouvrit et une femme entra.

Un instant, comme elle portait le costume des indigènes, Kelda crut qu'il s'agissait d'une servante. Mais elle perçut le sursaut de surprise de lord Orsett. Elle regarda plus attentivement l'arrivante et vit qu'il s'agissait d'une métisse. Une métisse très séduisante...

Ses traits fins attestaient son origine européenne, comme la couleur chaude de sa peau ses ancêtres africains.

Elle avait une démarche superbe et sa chevelure bouclée auréolait son beau visage. Elle portait un boubou éclatant d'un rouge somptueux et des bijoux d'ambre et d'or, assurément très coûteux. Pleine d'assurance, elle se dirigea vers la table, les yeux fixés sur lord Orsett.

— Que voulez-vous, Antoinette ? demanda-t-il en français.

Elle répondit dans la même langue :

— On m'a appris, au marché, que vous veniez de vous marier. Je ne peux pas croire que ce soit vrai, car il me semble que vous m'auriez prévenue avant la cérémonie !

— J'allais le faire cet après-midi.

Antoinette ouvrit la bouche pour lui répondre mais il se leva et, d'un signe, l'invita à se taire :

— Puisque vous êtes ici, nous allons continuer notre discussion dans une autre pièce.

Il marcha vers la porte, l'ouvrit et sortit sans regarder si elle le suivait. Elle lui emboîta le pas, ignorant Kelda. Elle se mouvait avec une grâce exquise, qui rappelait ces gazelles que Kelda avait aperçues dans ses promenades à cheval.

Kelda demeura seule à table, immobile, comme incapable de bouger. Cette femme était sans doute celle que le cousin d'Yvette avait aperçue lors de son passage à Dakar. Il avait dit, en effet, qu'il s'agissait d'une métisse.

Antoinette était métisse, visiblement, et on pouvait comprendre que lord Orsett se soit senti attiré par elle.

... Un quart d'heure s'écoula. Toute la joie, toute l'exaltation que Kelda avait ressenties avant le déjeuner s'évanouirent, avec son sentiment tout nouveau de sécurité. Elle se sentit déprimée et le soleil lui parut voilé, moins brillant, moins chaud.

En réponse au toast porté par lord Orsett à leur avenir, elle avait répondu qu'elle souhaitait le rendre heureux. Mais il ne s'en souciait guère, évidemment, puisqu'il avait Antoinette pour assurer son bonheur.

Quelle serait la vie de Kelda, alors qu'elle ne

serait que l'instrument dont son mari se servirait pour persuader d'autres femmes, surtout des Françaises, de s'installer au Sénégal ?

Elle ne pourrait rien faire pour lui. Elle ne serait là que comme un symbole et — c'était à prévoir ! — il se donnerait de moins en moins de mal pour paraître apprécier sa compagnie.

Tout au long de ces années où il avait eu la réputation de vivre en reclus, il écrivait son livre, en jouissant de la présence d'Antoinette. Kelda songea qu'elle n'approchait pas de la beauté de cette métisse.

Antoinette était grande, avec cette démarche unique qui venait du fond des âges, celle de femmes habituées aux lourds fardeaux en équilibre sur la tête, pendant des kilomètres. Elle possédait aussi, grâce à son sang français, cette « joie de vivre » rayonnante, si caractéristique du charme d'Yvette.

Kelda savait que les Françaises exerçaient une séduction toute particulière et Antoinette réunissait cette qualité et la douce sérénité des Africaines.

Elle possédait aussi le mystère, la magie d'une race dont lord Orsett lui avait souvent parlé. Kelda se demanda depuis combien d'années Antoinette et lord Orsett s'aimaient.

Si puissant qu'il fût, il ne pouvait pourtant pas l'épouser. Antoinette avait peut-être espéré en secret... Quelle déconvenue, pour elle, que d'apprendre la nouvelle de son mariage !

Kelda en était là de ses pensées lorsque lord Orsett revint. Il paraissait calme et, sans se presser, il reprit sa place au bout de la table.

Kelda le contemplait : que s'était-il passé entre Antoinette et lui ? Que s'étaient-ils dit ?

Il s'assit et saisit son verre de cognac.

— Je vous dois des excuses pour cette interruption, dit-il de son ton habituel, teinté de cynisme. Antoinette désirait de l'argent et elle n'a pas craint de se comporter de façon peu convenable en venant le chercher elle-même.

Son indifférence, la façon dont il traitait cet épisode rendirent Kelda furieuse. Sans bien savoir ce qu'elle faisait, elle se leva :

— Je suis sûre que ce n'est pas vrai ! dit-elle. Je ne sais pas comment vous pouvez parler ainsi de quelqu'un... qui vous aime ! Vous n'avez pas l'air de le savoir, mais les femmes aussi ont un cœur !

Sa voix se brisa. Étonnée de constater qu'il venait de la bouleverser au point de provoquer pareille scène, Kelda tourna les talons, quitta la pièce en courant, traversa le hall et gravit les escaliers.

Sur le palier, elle croisa une femme de chambre. Quand elle se dirigea vers sa chambre, la soubrette intervint :

— Non, par ici, madame.

Kelda cherchait à retrouver son calme. Elle ne discuta pas et suivit la domestique jusqu'à une pièce qu'elle n'avait jamais vue.

Un grand lit à colonnes en occupait le centre, drapé dans une vaste moustiquaire blanche qui le faisait ressembler à un navire. Mais Kelda ne regardait rien. Elle désirait se retrouver seule, sans plus.

— Madame veut faire la sieste ? s'enquit la femme de chambre.

Kelda ne se sentait pas sûre de sa voix. Elle approuva d'un signe. Sa robe rose, déboutonnée, fut ôtée avec adresse et on lui enfila un déshabillé en soie blanche, appartenant au trousseau d'Yvette. Sans bien savoir ce qui se passait, Kelda se retrouva au lit. On baissa les stores, la moustiquaire enveloppa le lit. Sur la pointe des pieds, la soubrette quitta la pièce.

Kelda pressa ses mains sur ses yeux et, seule enfin, fondit en larmes.

Elle se mit à sangloter, comme jamais encore depuis la mort de ses parents.

Elle ignorait pourquoi elle se sentait aussi malheureuse, mais il lui semblait qu'une fois encore, son monde familier s'écroulait autour d'elle, et avec lui, tous ses rêves...

13

Kelda sursauta. Elle s'était endormie. Dans la chambre, quelqu'un marchait avec précaution.

Elle ouvrit les yeux. Quand elle s'était mise au lit, le soleil était haut dans le ciel. A présent, il faisait nuit.

Elle crut d'abord que l'obscurité venait des stores baissés, puis elle constata que le soir tombait. Une femme de chambre allumait les bougies d'un chandelier, sur la coiffeuse.

— Quelle heure est-il ? demanda-t-elle.

— Il est sept heures, madame, et j'ai préparé votre bain.

Kelda, stupéfaite, répéta :

— Sept heures ?

Elle avait sombré dans le sommeil car la fatigue de la nuit précédente, passée sans sommeil, l'écrasait. Mais c'était aussi à cause de son désespoir, et de ses larmes.

— Je pense que je dois me lever ! dit-elle à mi-voix, comme pour elle-même, comme si elle espérait encore qu'elle pourrait demeurer cachée dans ce lit, seule, sans revoir l'homme qui était à présent son mari.

— Le dîner est servi à huit heures, madame, précisa la femme de chambre, et Monsieur n'aime guère attendre.

A ces mots, gazouillés par la soubrette dans un français chantant, Kelda sauta du lit.

Son bain la rafraîchit. Elle s'inonda le visage d'eau froide, espérant ainsi effacer toute trace de ses larmes.

Elle pensa alors qu'il ne lui accorderait aucune attention, après la façon grossière dont elle l'avait quitté. Sans doute était-il parti à la recherche d'Antoinette, pour se consoler. Il devait la retrouver dans la partie de la maison où se situaient ses appartements privés. Elle était belle, séduisante, expérimentée. Elle devait savoir l'amuser, le faire rire...

Kelda se reprit. Elle s'interdit d'évoquer encore Antoinette. Elle s'appliquerait à ignorer, dans l'avenir, cet aspect secret de la vie de son mari.

Pourtant, elle comprenait, à présent, son long séjour en Afrique, son peu d'empressement à regagner l'Angleterre.

Ses parents s'imaginaient qu'il menait une existence de solitaire. Mais pourquoi un homme aurait-il besoin de compagnie, alors qu'il avait une femme aussi fascinante qu'Antoinette comme...

Kelda s'obligea à prononcer le mot :

— Comme maîtresse !

Depuis la mort de ses parents, Kelda était cloîtrée, loin du monde et de toute compagnie masculine. Elle ne savait rien des hommes, ni de leur façon de se comporter avec les femmes, elle s'en rendait de plus en plus compte...

Quelques bribes de conversations, les chuchotements et les ricanements des élèves du pensionnat, des livres dissimulés dans la salle de classe, et qui parlaient d'amour, voilà toute son éducation ! Au temps de ses voyages avec ses parents, elle était trop jeune pour pouvoir observer. Elle avait appris, pourtant, que, dans les tribus africaines, les hommes avaient souvent plusieurs épouses et qu'il en allait de même dans chaque pays musulman. Le sultan de Turquie, par exemple, possédait un harem, c'est-à-dire une multitude de femmes...

Toutes ces notions demeuraient irréelles. On ne pouvait pas s'en servir pour apprendre ce qui se passait dans la vie quotidienne.

Maintenant qu'elle avait vu Antoinette, Kelda comprenait qu'une telle femme pût attirer l'amour d'un homme. A peine mariée, Kelda devait lutter contre une pareille séductrice et elle se sentait incapable de soutenir la moindre comparaison avec ce genre de rivale.

Elle sortit de son bain, s'essuya elle-même et passa les quelques sous-vêtements nécessaires sous une toilette du soir.

La femme de chambre intervint et suggéra :

— Madame est une jeune mariée. Elle devrait, ce soir, porter une robe blanche !

Kelda répondit :

— Je ne crois pas en avoir.

Elle se sentait aussi peu « jeune mariée » que possible et un sombre désespoir recommençait à l'accabler.

Descendre, rencontrer lord Orsett, avec des yeux encore brûlants des larmes versées, et tout en sachant qu'il devait la blâmer pour son départ précipité ? Triste perspective.

Elle pensa :

« Cela m'est égal ! De toute façon, ce que je fais est mal, à ses yeux ! Il ne me pardonnera jamais d'avoir aidé Yvette à s'échapper et il a essayé assez clairement de me faire comprendre que j'aurais mieux fait d'épouser le gouverneur général plutôt que lui ! »

Néanmoins, quand la femme de chambre revint, portant une robe blanche ayant appartenu à Yvette, la récente épousée montra quelque intérêt.

Cette robe de satin blanc recouvert de tulle, relevé de dentelle en bouillonné, tenait une place considérable dans la malle d'Yvette. Kelda se souvenait à présent que la jeune fille avait renoncé à l'emporter lors de sa fuite, en raison de son volume.

— Pas de place pour celle-ci ! avait-elle déclaré, quand Kelda la lui avait désignée dans la garde-robe. D'ailleurs, je n'aime pas tellement le blanc.

Certes, le blanc convenait moins bien à Yvette que les couleurs chatoyantes qu'elle se plaisait à choisir. Mais lorsque Kelda se contempla dans le miroir, vêtue de la robe blanche, elle eut du mal à se reconnaître.

Environnée de ce nuage blanc, les épaules découvertes, elle avait un aspect féerique, et ressemblait soudain à une véritable mariée.

La femme de chambre arrangea ses boucles blondes en un chignon fixé haut et qui ruisselait sur son cou.

Puis elle s'exclama en français :

— Attendez un moment, madame !

Elle courut hors de la chambre. Kelda se demanda où elle était partie mais, quand elle revint, portant deux camélias, elle comprit.

La soubrette les arrangea dans la coiffure de Kelda, en les mêlant adroitement à ses boucles blondes. Cela donnait une note élégante à cette toilette. Kelda pensa qu'Yvette, à la place des fleurs, aurait porté les diamants de sa mère.

L'habilleuse, à présent, contemplait son œuvre :

— Madame est très belle ! s'exclama-t-elle à plusieurs reprises, et Kelda s'obligea à lui sourire, en réponse.

Tandis qu'elle descendait les escaliers, un peu soucieuse de son apparence, Kelda imagina la réaction de lord Orsett en la voyant ainsi vêtue. Se moquerait-il d'elle ?

Il trouverait peut-être cela ridicule, car leur mariage n'avait rien de normal. Aussi, en atteignant le hall, Kelda eut-elle envie de remonter dans sa chambre pour se changer et passer l'une de ses robes habituelles.

Trop tard ! Le maître d'hôtel s'avançait vers elle. Huit heures allaient sonner à la pendule placée dans l'entrée, et lord Orsett détestait attendre...

Elle se contenta donc de suivre le domestique jusqu'à la grande salle de réception.

Son mari s'y trouvait déjà, très élégant dans ses vêtements du soir et, s'il jugea déplacée la toilette de sa femme, il n'en montra rien.

Tandis qu'elle venait vers lui, il prit une coupe de champagne et la lui tendit :

— On m'a dit que vous aviez dormi ?

— Je suis désolée...

— Vous avez eu tout à fait raison. Je suppose que vous n'avez pas pris beaucoup de repos, la nuit dernière !

Il était furieux, sans doute ! Les domestiques avaient dû lui apprendre qu'Yvette et elle avaient empaqueté les vêtements de la jeune fille en fuite. C'était là une allusion évidente !

Kelda lui jeta un regard craintif, mais il semblait plutôt amusé :

— Rien de plus fatigant que des situations dramatiques, et inattendues ! déclara-t-il. A mon avis, du moins !

Kelda comprit qu'il faisait un effort pour dissiper les ombres nées de l'apparition incongrue d'Antoinette, et de sa propre manifestation de colère. Elle fit un effort pour répondre à cette bonne volonté et murmura, avec un léger sourire :

— Je... Je suis désolée... Vous désiriez peut-être... faire une promenade à cheval, comme d'habitude...

— Il valait beaucoup mieux que vous vous reposiez ! Vous n'aviez pas à m'accompagner au Palais, ma visite fut... plutôt désagréable !

Il parlait d'un ton léger. Kelda le contempla avec surprise. Il ajouta :

— Le gouverneur s'est montré assez déçu quand il a appris la fuite de sa fiancée ! Il m'a pourtant chaudement félicité et il souhaite offrir un grand dîner en notre honneur, dès que vous vous sentirez capable de faire face à un tel exercice gastronomique et mondain !

Kelda rit, comme il le souhaitait, et l'on annonça que le repas était servi. Ils se dirigèrent vers la salle à manger.

Sur le seuil, Kelda s'arrêta, stupéfaite.

Elle s'attendait à tout, sauf à une soirée de fête en l'honneur de leur mariage ! Or, la pièce était transformée par d'immenses guirlandes de fleurs blanches qui tapissaient les murs, et par de fastueuses corbeilles disposées aux quatre coins.

La table aussi était blanche, garnie de ces mêmes camélias qu'elle portait dans ses cheveux et, au fond de la salle, sur une autre table, trônait un énorme gâteau de mariage.

Tout cela lui parut extraordinaire. Kelda, de plus, n'avait jamais assisté à la moindre fête donnée en son honneur. Son cœur battit de plaisir et d'excitation.

— Est-ce possible ! Comment... Comment avez-vous pu réaliser une chose aussi... aussi merveilleuse ! balbutia-t-elle.

Lord Orsett répondit simplement :

— J'espérais bien que cela vous plairait.

— Bien sûr que cela me plaît ! Mais... le gâteau... Comment avez-vous pu le faire confectionner aussi vite ?

Lord Orsett sourit :

— Je dois avouer que mon chef, en cette circonstance, a perdu la face, et qu'on l'a acheté en ville ! Mais il est bien décidé à se rattraper avec le dîner et je ne sais pas comment nous parviendrons à honorer chaque service !

Kelda écoutait et détaillait le tout avec l'enchantement d'un enfant devant le premier spectacle auquel il assiste.

Les fleurs embaumaient la pièce et les innombrables candélabres rayonnaient d'une lumière dorée, magique, une lumière de rêve.

— Vous avez fait cela pour moi ? Pour moi, vraiment ? répétait-elle, le souffle court, n'en croyant pas ses yeux.

David Orsett la regardait, sans rien exprimer de ce qu'il ressentait en face de cette joie enfantine.

Kelda commençait à se sentir un peu confuse, quand il expliqua :

— J'ai cru devoir me faire pardonner la grande banalité de la cérémonie, ce matin, au Palais de Justice ! Ce fut vite expédié, n'est-ce pas ? Quelques mots du maire, et personne d'autre que les témoins obligatoires, qui ne vous connaissaient même pas...

Kelda baissa la tête, émue. Personne, en effet, et surtout pas ses parents, pour assister à cet instant solennel qu'on avait escamoté, en quelque sorte, dans cette salle officielle.

— En évoquant mes souvenirs, continua-t-il, il m'a semblé que chaque femme, quand elle se marie, désire pour le moins une cathédrale, un évêque pour la bénir, et un immense cortège de demoiselles d'honneur !

Kelda réussit à rire :

— Ce n'est pas mon cas. Je ne connais personne à qui j'aurais pu demander de me servir de demoiselle d'honneur. Alors, tout un cortège, c'eût été vraiment trop pour moi...

Mais en parlant, elle ne put s'empêcher de penser à ce qu'avait dû être le mariage de lord Orsett, avec la tante d'Yvette.

Ce premier mariage... A cause d'Antoinette, Kelda l'avait oublié. Pourtant, lord Orsett avait connu un premier amour, il s'était fiancé puis, avec faste, sans doute, marié à une jeune femme qui, maintenant, était morte...

Cette première union, qu'avait-elle été ? Il avait dû aimer sa femme de toutes ses forces, avec l'ardeur et les illusions de la jeunesse. Son cynisme actuel provenait-il de l'immense chagrin causé par sa mort prématurée, dramatique ?

On pouvait voir dans cet amour détruit la raison de sa réclusion volontaire. Il était peut-être incapable d'aimer à nouveau. Il pensait que nulle femme au monde ne pourrait égaler cette jeune Française qui avait su, naturellement, bien porter son nom.

Kelda se sentit très jeune, très insignifiante :

« Si j'étais française, moi aussi, je saurais peut-être le faire oublier et le rendre heureux », songea-t-elle, soudain malheureuse.

Mais alors, que représentait Antoinette, pour lui ? Moins, sans doute, qu'elle ne l'avait cru ? A nouveau, le poids de son ignorance l'accabla.

Elle glissa un coup d'œil à son mari de sous ses longs cils noirs. Quel homme distingué ! Comme il portait ses vêtements avec élégance, et qu'il était beau ! Oui, réellement le plus bel homme qu'elle ait jamais rêvé d'approcher !

Leurs regards se rencontrèrent. Kelda, le cœur battant, lut dans les yeux de son mari une expression nouvelle, qu'elle ne déchiffra pas. Pourquoi la contemplait-il ainsi ? Se moquait-il d'elle ?

Non, aucune moquerie sur ce visage si énigmatique. Kelda en conclut que l'éclairage magique de ces innombrables bougies transformait tout, jusqu'à l'expression d'un regard.

Dans cette atmosphère étrange, saturée du parfum des fleurs, elle se sentait envahie par une émotion inconnue. David et elle se trouvaient soudain dans un palais de conte de fées, bâti d'un coup de baguette magique pour la princesse endormie qu'un héros venait d'éveiller.

Elle ne se reconnaissait plus, et ce mari si prestigieux à ses côtés, était un inconnu. Mais elle se rendit compte que cette angoisse, ce chagrin qui l'avaient abattue sur son lit, sanglotante, après le déjeuner, avaient disparu...

14

Le repas, long et compliqué, s'acheva enfin.

Alors, le maître d'hôtel s'approcha pour parler à l'oreille de lord Orsett. Celui-ci approuva de la tête et se tourna vers Kelda :

— Le personnel désire nous présenter ses vœux de bonheur. Ils sont musulmans et ils ne peuvent pas boire une coupe de champagne à notre santé, puisque toute boisson alcoolisée leur est interdite. Nous pourrions, en revanche, partager avec eux notre gâteau de mariage, qu'en pensez-vous ?

— Je suis sûre que cela leur plaira !

— Le chef tient absolument à nous en préparer un de sa façon pour demain. Je propose donc que nous partagions celui-là à la manière traditionnelle et que nous le leur laissions.

Lord Orsett se leva. Kelda savait ce qu'il attendait d'elle. Elle le rejoignit et ils se dirigèrent vers la table où trônait l'énorme pâtisserie.

C'était un gigantesque biscuit glacé de sucre et surmonté d'une petite cloche d'argent. Des petits personnages en sucre et des oranges confites garnissaient les étages inférieurs.

Le maître d'hôtel offrit à Kelda un long couteau à manche d'argent et elle contempla, perplexe, cet édifice, ne sachant trop comment se tirer de cette épreuve.

Lord Orsett déclara :

— Pour respecter la tradition, nous devons le couper ensemble, Kelda !

Il posa sa main sur la sienne. Quand ses doigts effleurèrent ceux de Kelda, elle eut un étrange frisson et elle fut, en cet instant, très consciente de la proximité du corps penché vers elle.

Elle en ressentait un plaisir mêlé de souffrance, sensation inconnue et qui l'effraya. Jamais encore lord Orsett ne l'avait touchée, excepté pendant le moment si bref où, devant le maire, il avait glissé à son doigt l'anneau de mariage. A cet instant-là, elle était encore si stupéfaite, qu'elle avançait comme dans un rêve, à peine consciente de ce qui se passait.

Il en allait autrement à cette minute. La présence si proche de David Orsett, dont elle percevait la chaleur, la troublait.

Il guida sa main et elle fit glisser le couteau du haut en bas du gâteau. Les deux moitiés furent disposées sur le plat d'argent qui attendait.

Lord Orsett dit alors :

— J'espère que nous avons fait notre devoir. Maintenant on peut l'emporter et le distribuer à des gens qui, je le souhaite, s'en régaleront !

Kelda, intimidée par tout ce qu'elle découvrait en elle-même, murmura :

— Pour ma part, après un pareil dîner, je serais incapable d'avaler une bouchée de plus !

Lord Orsett l'approuva :

— Je suis de votre avis ! Je ressens la même chose. Allons au salon. Ce soir, nous choisirons celui qui fait l'angle, au fond de la maison.

Kelda chercha la raison d'un tel choix mais elle garda le silence et se contenta de suivre son mari.

Quand elle entra dans la pièce, elle la trouva également décorée de fleurs blanches. Il n'y régnait pas la même profusion que dans la salle à manger, mais les vases étaient garnis avec beaucoup de goût, et les lis embaumaient.

Constater qu'il avait montré tant de soin à organiser leur soirée fut une nouvelle émotion pour Kelda. Elle murmura :

— Merci...

Elle s'approcha d'un guéridon qui supportait une ravissante coupe pleine de camélias, et elle les admira. Cependant que lord Orsett, l'ayant suivie, se tenait derrière elle et sa présence, pareillement, la troublait.

— Pourquoi avez-vous pleuré ? demanda-t-il.

Il s'exprimait avec douceur, d'une voix différente, inconnue de Kelda. Sans qu'elle sache pourquoi, le son de cette voix lui fit monter à nouveau les larmes aux yeux.

« Je dois être très fatiguée ! » songea-t-elle.

Mais elle se mentait à elle-même, et elle le savait. La fatigue n'expliquait pas du tout le désespoir qui l'avait fait sangloter dans la chambre nuptiale, avant le dîner.

Comme elle ne lui répondait pas, lord Orsett continua :

— J'ai un cadeau pour vous. Il me semble normal que vous receviez au moins un présent, le jour de votre mariage !

Kelda revit tout à coup, très nettement, Antoinette parée des somptueux bijoux d'ambre et d'or qu'elle portait autour du cou et des poignets.

Sans pouvoir s'en empêcher, elle s'écria :

— Non, non, je vous en prie... Je ne veux aucun cadeau ! Je vous en prie, ne me donnez rien !

Lord Orsett fut sans doute surpris par sa véhémence, elle crut le deviner à un léger mouvement qui lui échappa. Mais elle ne se retourna pas pour le regarder. Elle n'osait pas lui laisser voir les larmes qui brouillaient sa vue et l'empêchaient de bien distinguer les camélias sur lesquels elle s'obstinait à se pencher.

David Orsett s'étonna :

— Pourquoi dites-vous cela ?

Un instant s'écoula et, comme Kelda restait incapable de parler, il reprit :

— Je comprends que je vous dois beaucoup d'explications. Si vous veniez vous asseoir, Kelda, et si vous m'écoutiez ? (Il s'interrompit, pensif, et il ajouta :) Ces explications sont très importantes pour notre avenir commun...

Il insista sur les deux derniers mots et Kelda, surprise, retint son souffle.

Ainsi, il envisageait pour eux un avenir, même si la majeure partie de sa vie devait s'écouler en secret, loin d'elle... Sans dire un mot, Kelda obéit. Elle se dirigea vers un grand canapé et s'y assit.

David Orsett choisit un fauteuil, juste en face d'elle. Kelda se sentit mal à l'aise : il pouvait voir son visage, en pleine lumière, et deviner, sans doute, chacun de ses sentiments. Elle ignorait ce qu'il allait lui apprendre et à quel point elle en serait blessée. Elle joignit ses mains sur ses genoux, bien serrées, et abaissa son regard sur elles, pour échapper un peu à l'attention de son mari.

Le silence s'appesantit entre eux. Kelda commença à craindre que lord Orsett n'eût changé d'avis. Déçu par sa froideur, il venait peut-être de décider qu'il ne lui dirait rien...

Mais, alors, il commença d'une voix calme, froide et détachée :

— Vous savez par Yvette, que j'ai épousé autrefois sa tante, Ginette de Villon ?

Kelda redoutait de répondre à cette question d'une voix trop émue, aussi se contenta-t-elle d'approuver d'un signe de tête.

— Alors, connaissant les jeunes filles, je suis certain que vous vous êtes demandé, Yvette et vous, ce que signifiait l'existence que j'avais menée avec elle. Vous avez dû vous interroger sur les raisons qui m'ont poussé, marié à une femme aussi séduisante, aussi accoutumée aux fêtes parisiennes où elle triomphait, à m'installer à Dakar, dans un pays si lointain, à y emmener ma femme, et à l'y garder, jusqu'à sa mort...

Quoiqu'il s'exprimât d'un ton tranquille, on devinait que chaque mot lui coûtait un effort. Sans aucun doute, il détestait revenir ainsi sur son passé. Kelda devina que jamais il n'avait fait de confidences sur ce point.

Comme s'il lisait dans ses pensées, il précisa :

— Personne au monde, à l'exception de ma femme, n'a su la raison de mon installation ici et je ne l'ai, jusqu'à maintenant, révélée à quiconque.

Très embarrassée, Kelda s'empressa de dire :

— Je comprendrai très bien... si vous ne me dites pas... Je vous en prie...

Impassible, David Orsett affirma :

— C'est votre droit de le savoir, ma chère. Je suis, pour ma part, déterminé à ce qu'il n'existe aucun secret entre nous. Cela me semble très important.

Kelda, surprise, en oublia sa confusion et leva les yeux vers lui. Elle ne s'attendait à rien de semblable. Puis elle baissa vivement les paupières, contempla à nouveau ses mains crispées, et elle l'écouta poursuivre :

— J'ai fait la connaissance de Ginette à Londres et c'est là que je suis tombé amoureux d'elle. Je l'ai trouvée fascinante, d'une séduction folle... Elle ne ressemblait à aucune de ces jeunes filles fades et ternes que je rencontrais dans les bals et les réceptions choisis par ma mère, et où se réunissait un choix de futures épouses parfaitement désirables, du moins du point de vue de ma famille...

Lord Orsett serra les lèvres. Il lutta un moment contre lui-même pour dominer l'amertume que ces souvenirs faisaient renaître en lui.

— Tout s'est passé de façon étrange et quand Ginette me permit de lui faire la cour, tout se termina très vite. J'étais jeune, voyez-vous, et sans aucune expérience. Sinon, je me serais étonné du changement d'attitude de Ginette. Quand on me présenta à elle, elle ne m'accorda aucune attention, soudain, elle se transforma. Elle devint même si pressante qu'elle semblait follement amoureuse de moi.

Il s'exprimait avec cynisme et, en même temps, non sans amertume, il paraissait se moquer de lui-même.

— J'étais alors trop heureux, vous vous en doutez, pour témoigner du moindre esprit critique. Nous nous sommes fiancés, puis nous partîmes pour Paris, où elle me présenta à sa famille, qui me reçut avec empressement... Je marchais sur des nuages, comme le jeune imbécile que j'étais. Nous nous sommes mariés, nous avons vécu une courte lune de miel et, enfin, nous avons regagné Londres.

Kelda l'écoutait avec intensité. Elle devina, aux inflexions de la voix de lord Orsett, qu'il en arrivait à un événement qu'il trouvait très difficile à raconter. Elle ne pouvait pas imaginer de quoi il s'agissait... Tout, jusqu'à présent, lui paraissait normal. Son inexpérience dépassait sans doute celle que déplorait lord Orsett, au moment de ses fiançailles avec Ginette de Villon.

— Je mis quelque temps à comprendre la préférence que ma femme accordait à Londres... reprit-il. On aurait pu croire qu'elle souhaiterait passer une grande partie de la saison mondaine à Paris, et j'étais prêt à le faire, naturellement. Il n'en fut rien ! Elle ne rêvait que de Londres et je compris, enfin, son revirement à mon égard et le motif de sa hâte à voir se conclure notre mariage.

A nouveau, il marqua une pause avant de poursuivre :

— Vous pouvez m'en croire, personne ne s'est risqué à m'apprendre la vérité ! J'ai dû la découvrir tout seul ! Peu à peu, je remarquai un regard curieux posé sur moi, un rire, une insinuation au cours d'une conversation mondaine... Et puis, ce furent des silences, quand j'entrais dans un salon, comme si je venais de faire les frais des propos qui s'interrompaient à ma vue...

Il ne pouvait dissimuler son amertume :

— Ma crédulité, mon faux bonheur ne durèrent pas longtemps ! C'était impossible, d'ailleurs, dans le milieu que nous fréquentions. Aucun secret ne pouvait s'y garder longtemps, trop de gens s'en mêlaient...

Kelda jeta un nouveau coup d'œil sur lui. Son visage semblait creusé, vieilli, durci. Ce retour au passé rendait présents pour lui les moments les plus amers de sa vie. Il présentait l'image même de la désillusion.

— Je devais être marié depuis deux mois environ, pas davantage, quand je sus enfin la véritable raison qui avait poussé Ginette à devenir ma femme, et à la devenir si vite...

Sa voix s'éteignit et Kelda craignit qu'il ne dise plus rien. Pourtant, elle sentait qu'elle devait savoir le fin mot de cette énigme qu'elle ne parvenait pas à deviner.

Elle demanda, dans un chuchotement :

— Et... quelle était cette raison ?

Lord Orsett s'était repris. Il répondit d'une voix impersonnelle, comme s'il s'agissait de quelqu'un d'autre :

— Ginette avait rencontré le prince de Galles, l'héritier du trône, pendant l'un des séjours du prince en France. Elle s'était éprise de lui, ou plutôt de sa haute position, de l'éclat qui l'entourait. Elle était alors venue à Londres sous un prétexte quelconque, mais, en réalité, pour le suivre. Elle était tout à fait décidée à obtenir l'honneur de devenir l'une de ses maîtresses...

— Oh ! Non...

Le cri échappa à Kelda, pétrifiée par cette révélation.

— Le prince, toutefois, lui fit comprendre qu'il n'avait pas l'habitude de se compliquer la vie en s'engageant dans des aventures avec des femmes non mariées. C'était un fait bien connu dans la haute société londonienne et même européenne, que toutes ses maîtresses avaient un mari, et un mari complaisant, bien entendu, assez fier du succès de sa femme... Voilà le rôle que ma propre épouse avait choisi pour moi !

Kelda ne savait pas ce qu'elle s'attendait à apprendre, mais ce n'était rien de semblable. Elle resta silencieuse et écouta la suite.

Lord Orsett reprit d'une voix rude :

— Lorsque j'appris enfin toute la vérité, j'expliquai à Ginette qu'elle avait commis une grosse erreur, que je refusais de me trouver placé dans une situation aussi infamante. Et j'ajoutai que je ne permettrais à personne portant mon nom de le déshonorer.

Il éleva le ton et ses paroles résonnèrent dans la pièce aux parfums de fleurs. Il se calma et continua :

— J'avais entendu parler de Dakar. Je m'intéressais déjà à l'Afrique, comme à une partie du monde peu connue. J'entraînai donc Ginette ici, en dépit de toutes ses protestations... Elle est morte deux ans après.

Le silence tomba et l'ombre parut envahir le grand salon paré de fleurs. Kelda se pencha vers lui :

— Je suis navrée par ce que vous venez de m'apprendre... Je devine... combien cela fut dur, pour vous. Vous avez été blessé dans tous vos sentiments, j'en suis sûre...

— Blessé, oui, c'est lc mot qui convient. Mais mon orgueil, je crois, a souffert plus encore. Je ne pouvais pas supporter que l'on se moque de moi derrière mon dos, ni de devenir le sujet de conversations badines, de moqueries, tout ce qu'un homme placé dans une pareille situation doit essuyer comme affronts. Après la mort de Ginette, j'aurais pu revenir chez moi, mais je n'en ai pas éprouvé le désir.

— Ainsi... Vous êtes resté ici... pour écrire votre livre ?

— J'y ai commencé mes recherches, plus exactement. Ensuite, j'ai voyagé à travers l'Afrique, j'ai rencontré diverses tribus, j'ai vécu dans leur sein. J'en ai appris long sur leurs coutumes et je crois que j'ai fait à leur sujet beaucoup de découvertes intéressantes.

— Je comprends...

— J'ai bâti cette maison... Lorsqu'elle fut achevée, je m'y suis plu et j'ai apprécié ma solitude. Les amis que j'ai pu avoir en Angleterre ne me manquent nullement. Lorsque j'ai besoin de compagnons intelligents, comme le gouverneur général, je n'en manque pas.

Mais Kelda songeait à nouveau à Antoinette. Lord Orsett l'observait. Sans doute devina-t-il quelque chose de ses pensées, car il parut se décider à aborder ce sujet.

Il le fit, d'abord en termes généraux, mais elle comprit où il voulait en venir :

— Vous ignorez beaucoup de choses de la vie, Kelda, je n'en doute pas, mais vous êtes une jeune fille cultivée, vous avez voyagé dans votre enfance, et vous avez dû réfléchir, grâce à vos lectures... Vous savez donc, je pense, que les Français, en général, comprennent beaucoup mieux que les Anglais la nécessité, pour un homme, d'avoir une femme dans sa vie... Ils la comprennent mieux, ou ils l'admettent avec moins d'hypocrisie, mais le fait est là.

La peur étreignit à nouveau Kelda : il allait parler d'Antoinette. Dans ces instants, leur avenir se jouait. Il se préparait à lui faire entendre, avec le plus de délicatesse possible, qu'Antoinette resterait la partie secrète de sa vie et qu'elle-même, Kelda, y remplirait un rôle officiel, mais rien de plus.

Les mains serrées sur ses genoux, elle s'attendit au pire...

15

Antoinette...

Kelda crut la voir, entre eux, dans le salon, avec sa beauté, sa grâce, ses traits fins, sa peau dorée dans le boubou pourpre, et parée des joyaux superbes offerts par David Orsett. Ses lèvres sensuelles souriaient avec langueur mais ses yeux pétillaient d'une gaieté qu'elle devait à son ascendance française.

Alors, Kelda comprit les motifs de sa crise de désespoir et d'angoisse, après le déjeuner. Elle sut pourquoi elle s'était enfuie en courant pour se réfugier dans sa chambre et elle eut envie de partir à nouveau. Jamais elle ne supporterait d'entendre son mari lui expliquer tout ce qu'Antoinette représentait pour lui et que, malgré leur mariage, Antoinette lui demeurait essentielle.

Il allait, sans doute, faire appel à son bon sens, à son intelligence, à sa sympathie. Il allait lui démontrer que leur alliance était un arrangement commode plutôt qu'une véritable union. N'avait-il pas déjà fait allusion au manque d'hypocrisie des Français en ces matières ?

Mais elle ne pourrait pas donner son accord ! Elle allait se mettre à pleurer, se révolter ! Elle crispait si fort ses doigts que son anneau de mariage la blessait. Elle s'obligea à une immobilité totale et resta là, les yeux baissés, rigide et effrayée comme une enfant.

— A Dakar, commença lord Orsett, ainsi que dans la plupart des établissements coloniaux, on se trouve isolé de l'Europe, vous avez pu vous en rendre compte. Il faut longtemps pour recevoir des nouvelles des siens... Les hommes qui travaillent pour le Gouvernement et pour les grandes compagnies souffrent de cet état de choses, ce qui est naturel. C'est pourquoi l'on considère d'un bon œil certaines liaisons avec des femmes du pays. Et, même, des mariages entre races différentes.

Il s'interrompit, comme pour laisser à Kelda le temps de répondre ou de l'interroger, mais elle se sentait incapable du moindre commentaire.

— Je vous ai déjà expliqué tout cela, me semble-t-il, quand vous êtes arrivée ici avec Yvette. Les célibataires ont ainsi, presque toujours, des maîtresses envers lesquelles ils se reconnaissent des obligations. C'est une chose admise, insista David.

Kelda se sentit obligée de murmurer :

— Oui, vous nous en avez parlé, en effet... au début de notre séjour... Je m'en souviens.

— Les femmes métisses sont d'ailleurs très appréciées car elles font de véritables compagnes. Outre leur beauté, elles sont instruites et convenablement élevées, tandis que les indigènes sont illettrées.

« Ainsi, conclut Kelda, il veut me laisser entendre qu'Antoinette n'est pas seulement belle. Elle a toutes les qualités souhaitables pour être, comme il le dit, "une vraie compagne..." »

Il lui était déjà arrivé de penser qu'elle pourrait aider lord Orsett en relisant son manuscrit ou en effectuant des recherches, mais, à présent, même sur ce point, Antoinette lui paraissait supérieure. Elle connaissait des coutumes africaines, elle lui apporterait une véritable assistance. De plus, Antoinette lui fournirait les détails qui lui manquaient et, s'il décidait de repartir dans la brousse, elle l'y suivrait.

Kelda sentit que son dernier espoir de collaborer à l'œuvre de lord Orsett allait voler en éclats, avec tous ses rêves, avec toutes ses illusions...

Elle eut envie de lui crier qu'il n'était pas nécessaire d'aller plus loin. Elle avait compris. Il voulait lui expliquer qu'il avait pris une épouse, à seule fin de présider sa table lorsqu'il recevrait, ou de l'accompagner dans ses sorties officielles.

Dans toutes les autres circonstances, elle serait seule, et Antoinette continuerait à occuper la meilleure place.

Kelda se raidit pour ne pas éclater en sanglots, pour ne pas lui reprocher d'avoir agi d'une manière déloyale. Il n'avait pas, en fait, le droit de l'épouser dans de pareilles conditions !

Elle ressentait le même chagrin, le même effroi qu'à son entrée à l'orphelinat, où elle avait perdu son identité pour devenir un simple numéro, parmi d'autres. Une enfant perdue parmi d'autres enfants perdus.

Elle ne se trompait pas, car lord Orsett déclara :

— Ce que je veux vous expliquer, c'est la position qu'Antoinette a occupée dans mon existence.

— Inutile !... J'ai vu !

Kelda sentit qu'elle avait parlé trop précipitamment sur un ton fiévreux. Mais comment supporter qu'il entre dans les détails ! Ne pouvait-il se contenter de lui infliger cette situation humiliante, sans vouloir encore la justifier, en vantant les mérites de sa maîtresse ?

Lord Orsett, cependant, parut ignorer cette interruption. Il reprit :

— Antoinette n'avait aucun droit à venir nous déranger aujourd'hui, et je le lui ai reproché. Mais c'est une petite personne avisée, qui sait calculer et qui s'intéresse beaucoup à l'argent.

Surprise, Kelda releva la tête. David Orsett poursuivait :

— Antoinette a vécu trois ans avec moi. Pendant ce temps, elle n'a cessé d'entasser tout l'argent qu'elle a pu tirer de moi. Elle avait son projet. Elle a l'intention, depuis la fin de notre liaison, d'épouser un métis. Ils veulent ouvrir une boutique ensemble.

Cette fois, Kelda contempla lord Orsett avec stupeur :

— Ce n'est pas possible ! Vous voulez dire... Vous voulez dire que, pendant tout ce temps... Pendant ces trois années... elle a toujours eu le désir d'épouser quelqu'un d'autre ?

— Mais, je vous l'ai expliqué, ces choses-là arrivent souvent, à Dakar ou dans d'autres villes coloniales ! Antoinette est assez intelligente pour avoir compris qu'il lui fallait de l'argent pour s'installer, pour avoir de meilleures chances de réussite... Elle savait aussi que le moyen le plus facile et le plus rapide d'obtenir cet argent, c'était de devenir la maîtresse d'un homme riche.

— Mais... enfin... elle a dû vous aimer !

— Je ne pense pas que le mot lui soit jamais venu à l'esprit, en ce qui me concerne ! affirma lord Orsett. Elle me juge généreux, je lui ai procuré le confort qu'elle ne pouvait pas avoir autrement et elle, de son côté, a su se montrer discrète. Tout cela fait partie de l'arrangement correct entre un homme et sa maîtresse, dans des circonstances de ce genre.

David parut craindre de s'être mal exprimé, car Kelda restait immobile, avec la même expression d'étonnement. Il précisa donc :

— Le but d'une maîtresse, dans cette sorte de liaison, c'est d'obtenir le maximum d'avantages matériels. Il est entendu, en revanche, qu'il n'y aura nulle complication sentimentale, pas de scènes, de reproches, de jalousies intempestives. L'homme paie le plaisir qu'on lui donne, voilà tout. Quand vient le moment de rompre, cela ne présente aucune difficulté.

— Et... Antoinette... n'a pas souffert... de vous perdre ?

La question n'était qu'un chuchotement, mais lord Orsett, pourtant, l'entendit.

— Je ne crois pas qu'elle ait versé une seule larme sur notre rupture ! Il est plus vraisemblable qu'elle soit occupée, avec son fiancé métis, à célébrer la chance qu'elle a eue de recevoir de moi, cet après-midi, une grosse somme d'argent, ce qui va rendre leur mariage possible très rapidement.

— Je ne comprends pas... murmura Kelda. Non ! Réellement, je n'arrive pas à comprendre...

Elle ne put rester assise plus longtemps, à écouter lord Orsett. Elle se leva et alla jusqu'à la fenêtre. Elle écarta les rideaux, et l'ouvrit. Il faisait beaucoup moins chaud que dans la journée, mais l'air de la nuit restait doux et humide.

La lune brillait sur la mer, comme une pluie d'argent, et le ciel de velours sombre étincelait d'étoiles.

Kelda, trop occupée par ce qui se passait en elle, ne voyait rien de tout cela. Elle était bouleversée, et un sentiment de bonheur l'envahissait, contre lequel elle avait bien du mal de se défendre.

Elle sentit la présence de son mari derrière elle :

— Je me suis expliqué, n'est-ce pas ? A présent, il me semblerait loyal, de votre part, de m'expliquer à votre tour deux choses.

— Deux choses ?

— D'abord, pourquoi vous avez tant pleuré, dans l'après-midi. Ensuite, que vouliez-vous dire, quand vous m'avez crié que les femmes ont un cœur ?

Il parlait d'un ton si amical qu'elle trouva la force de se tourner vers lui. Alors, il ajouta :

— Que les femmes aient des cœurs capables d'amour, j'avoue avoir pensé que cela n'existait que dans les romans... Comme je vous l'ai dit, les femmes que j'ai connues se sont contentées de se servir de moi pour en arriver à leurs propres fins.

Antoinette et ses semblables se sont montrées, sur ce point, plus loyales que ma propre épouse. Si je me livre à des calculs diaboliques, comme vous me l'avez reproché, il ne faut peut-être pas s'en étonner...

— Je... Je suis désolée d'avoir dit cela... Je me rends compte, à présent, que ce n'est pas vrai ! murmura Kelda.

— Les femmes ont un cœur... répéta-t-il, pensif. J'aimerais pouvoir le constater. Vous avez un cœur, vous, Kelda ?

— Je l'espère...

— Je voulais dire, en ce qui me concerne ? Voyons, quels sont vos sentiments à mon égard ?

Comment répondre à une telle question ? Kelda chercha ce qu'elle pourrait exprimer, mais il ne lui en laissa pas le temps :

— Je m'attendais à ce que vous décidiez d'épouser le gouverneur général... Après tout, sa position est plus importante que la mienne ! Il mourra sans doute bien avant moi, et il aurait pu vous laisser dans la situation enviable d'une riche veuve.

Kelda s'indigna :

— Pouvez-vous... Pouvez-vous imaginer que je suis capable de penser à des choses pareilles ?

Il la regarda :

— Vous, non, sans doute... Mais je suis certain que la plupart des femmes auraient fait ce calcul !

Kelda se révolta :

— Non ! Non !... Les femmes que vous avez connues, peut-être ! Moi, je crois que la majorité des femmes désirent aimer un homme... pour lui-même, et pas... pour ce qu'il peut leur donner !

Il sourit :

— Et vous avez rencontré beaucoup de femmes de ce genre ?

— Yvette, par exemple, ne s'est pas mariée pour de l'argent. Elle est tombée amoureuse de Rémy et elle l'aurait épousé même s'il n'avait pas eu un sou !

— Êtes-vous comme elle ?

Kelda ne répondit pas. Après un moment, il insista :

— Vous n'avez pas répondu non plus à ma seconde question !

Gênée, elle prétendit :

— Je ne me souviens pas... Je n'ai pas compris ce que vous désiriez savoir !

— Vous ne savez pas très bien mentir, je l'ai déjà observé ! Ce matin, par exemple, pendant notre promenade à cheval, j'ai presque senti que quelque chose vous inquiétait, vous étiez tendue, anxieuse. Je n'en ai pas deviné la raison, c'est vrai, mais j'ai compris ce que vous ressentiez.

Kelda ne voulut pas admettre qu'il exprimait la vérité. Néanmoins il continua :

— Quand nous sommes allés au Palais, pour nous marier, vous étiez effrayée, et je le comprenais. En revenant, votre peur s'est atténuée, et, pendant le déjeuner, vous avez été heureuse. Vous regardiez autour de vous comme si vous veniez enfin de trouver quelque chose que vous cherchiez depuis longtemps. Comme si vous vous sentiez enfin en sécurité...

Sa pénétration étonna Kelda et la gêna au point qu'elle se détourna pour échapper au regard perçant de David. Elle venait d'y lire une expression toute nouvelle, qui l'émouvait.

— Mais, à ce moment-là, Antoinette a fait son entrée dans la salle à manger, rappela lord Orsett. J'ai dû vous laisser un instant. Quand je suis revenu, vous étiez transformée, malheureuse, à nouveau, j'en suis certain... Vous vous êtes levée, vous m'avez crié que les femmes aussi ont un cœur. Et votre voix s'est brisée...

A présent, Kelda ne pouvait plus le quitter des yeux, ni esquisser le moindre mouvement, même quand il s'approcha d'elle.

— C'est à ce moment-là que vous avez pleuré, seule dans la chambre, reprit David Orsett. Vous avez versé des larmes qui venaient du cœur... Car je suis certain que vous avez un cœur, vous, Kelda, et j'aimerais être sûr qu'il m'appartient...

Il s'exprimait avec tant de douceur et de tendresse que des pleurs impossibles à retenir inondèrent les joues de Kelda. Elle tenta d'échapper à la fascination de cette voix et elle se détourna. Mais David Orsett la retint et l'entoura de ses bras :

— Avez-vous versé ces larmes pour moi, Kelda ? Si c'est le cas, elles me sont très précieuses.

Incapable de dire un mot, elle cacha son visage contre l'épaule qui s'offrait. Elle tremblait de tout son corps. Ému, lord Orsett déposa un baiser dans sa chevelure blonde :

— Je désire votre cœur, Kelda, je désire votre amour comme je n'ai jamais rien désiré encore tout au long de ma vie. Mais, après ce que je vous ai confié, vous devez comprendre, ma chérie, que j'ai terriblement peur d'une autre désillusion !

C'était un homme nouveau, inconnu, qui lui parlait. Il n'ordonnait plus, il ne tranchait plus. Il laissait pour la première fois deviner qu'il pouvait se montrer vulnérable, lui aussi, qu'il pouvait souffrir, qu'il pouvait avoir peur. Cet homme-là n'effrayait plus Kelda.

— Dites-vous vrai ?... Je ne peux pas le croire ! Je ne peux pas croire que vous désiriez mon amour !

— Et pourtant, il m'est presque impossible de vous dire combien il est important pour moi de l'obtenir !

— Mais elle est si belle, Antoinette !... Je la trouve si séduisante, si envoûtante ! Je pensais... Je croyais sincèrement que jamais, jamais, je ne pourrais avoir la moindre importance pour vous, avoua Kelda.

Il lui sourit avec beaucoup de tendresse :

— J'ai pourtant essayé de vous faire comprendre les raisons qui m'ont empêché, pendant tant d'années difficiles, d'éprouver le moindre sentiment pour une femme. Vous devez admettre que j'ai vécu une terrible expérience ! Mais, maintenant, je sais qu'avant vous je n'avais pas rencontré de véritable amour.

— Est-ce possible ? (Kelda le contemplait : les larmes mouillaient encore ses joues, mais ses yeux brillaient. Elle répéta :) Est-ce possible ?

La question semblait jaillir, non de ses lèvres, mais de tout son corps bouleversé. Il la contemplait, avec un sourire ému. Il se pencha vers elle :

— Oh ! ma chérie ! Dites-moi ce que je désire entendre ! Dites-le-moi !

Kelda sentit ses joues brûler de confusion. Elle parla, si bas qu'il pouvait à peine la comprendre :

— Je vous aime... Je vous aime tant ! Vous le savez bien !... Vous l'avez compris... Je sais à présent pourquoi j'ai été si malheureuse, pourquoi j'ai tant pleuré, toute seule, dans la chambre... Oui, je le sais... J'avais peur de vous avoir perdu. Je... Je croyais qu'Antoinette... Je pensais que, jamais, jamais...

Mais ses derniers mots se perdirent dans le baiser que lui donna son mari.

Le monde tourbillonnait autour d'elle. Kelda comprit soudain que tout ce dont elle rêvait, tout ce qu'elle avait tant attendu sans oser espérer l'obtenir, tout devenait réalité. Dans ce baiser, elle possédait le ciel, les étoiles, le soleil et les fleurs de Dakar.

C'était lui qui les lui offrait, lui qu'elle reconnaissait enfin de tout son être, et qui, pour elle, se confondait avec ce monde enchanté.

Sa bouche, contre la sienne, se fit de plus en plus ardente, de plus en plus exigeante. Mais, malgré son ignorance, Kelda ne ressentait aucune frayeur.

Pendant un moment, elle eut la pensée fulgurante qu'elle pourrait mourir, à présent, et qu'elle mourrait au comble du bonheur, dans toute la gloire d'un amour parfait, comme elle n'en rencontrerait plus.

Mais non, elle ne voulait pas mourir ! Elle voulait vivre, au contraire, vivre cet amour, avec cet homme qui venait enfin à la rencontre de son âme solitaire, affamée de tendresse, malheureuse depuis tant d'années et qui n'aspirait qu'au bonheur.

Ses baisers ne cessaient pas et elle ne pouvait plus que se griser de la joie sauvage qui l'envoûtait.

Quand il releva la tête, elle murmura :

— Je vous aime... Je vous aime tant que je ne sais comment l'exprimer...

— J'ai besoin de vous entendre me le dire et me le répéter ! Jusqu'à ce que je vous croie, et que vous me croyiez, vous aussi. Jusqu'à ce que plus rien ne compte, hormis notre amour, murmura David.

— Comment est-ce possible ? Je... commença-t-elle.

Mais il recommençait à l'embrasser.

Kelda s'étira, ouvrit les yeux et un immense sentiment de bonheur l'envahit. Sa tête reposait sur l'épaule de son mari et une aube pâle se glissait entre les rideaux.

Elle soupira, comme si elle ne pouvait tout à fait y croire :

— Vous... Vous êtes ici !

— Oui, ma bien-aimée, je suis là, près de vous.

— Comment... Comment ai-je pu m'endormir... et vous perdre, même pour un moment ?

— Mais je veillais, moi, et je vous gardais près de moi ! Nous le savons à présent, que nous ne pourrons jamais plus nous passer l'un de l'autre, n'est-ce pas ?

— Est-ce que... Est-ce que vous m'aimez encore ?

Il sourit et posa un baiser sur son front, entre les boucles blondes et folles échappées de sa coiffure dévastée.

— Pouvez-vous, réellement, me poser une question pareille, petite chérie ? C'est moi, plutôt, qui pourrais vous le demander.

Kelda secoua la tête :

— Ce serait encore plus stupide, je crois bien ! Je ne pensais pas que l'amour pourrait être si merveilleux. Je ne savais pas qu'un homme pouvait se montrer si tendre et si fort à la fois.

Il lui demanda d'un ton taquin, un ton qu'elle ne lui connaissait pas :

— Dites-moi un peu... Est-ce que je vous plais ?

Intimidée, elle cacha son visage contre lui :

— Vous le savez trop que vous me plaisez !

— Je veux vous plaire encore davantage. Nous avons tant de choses à découvrir ensemble, ma chérie !

— Je suis très ignorante, je le crains... Je ne voudrais pas vous décevoir !

Il la serra dans ses bras :

— Vous êtes parfaite, en tout, et pour toujours. Vous êtes plus séduisante que je ne saurais le dire !

Kelda soupira :

— Je puis à peine y croire ! Il me semble que je vais m'éveiller dans ma misérable mansarde, chez Mrs Gladwin, et que je vais découvrir que j'ai fait un rêve insensé, dont le souvenir me fera pleurer de regret, dans la morne grisaille de ma journée de travail !

— Vous avez déjà fait des rêves de ce genre ?

Elle rougit légèrement.

— Non ! Mais, parfois, je rêvais de départ, de soleil, de fleurs et d'un pays merveilleux qui ressemblait à celui-ci...

— Vous ne serez plus malheureuse, ma chérie. Je serai toujours là, à votre réveil, et ce ne sera pas un rêve.

Elle resta silencieuse un instant. Une pensée la tourmentait :

— Je voudrais vous poser une question...

— Bien sûr, mon cher cœur.

— Vous... Vous avez connu beaucoup d'autres femmes... Est-ce que... Avez-vous été plus heureux avec elles... qu'avec moi ?

David se mit à rire :

— Je vous ai toujours dit la vérité, n'est-ce pas, ma ravissante petite épouse ? Je vais vous répondre de la même façon : je n'avais pas encore connu un bonheur pareil à celui que vous m'avez donné.

Elle eut un radieux sourire.

— Je désirais tellement qu'il en soit ainsi... Non pas par orgueil, mais parce que... Hier, quand j'ai tant pleuré, je me sentais à nouveau comme... une orpheline, une « enfant assistée », qui ne peut rien donner à personne... Mais, si je peux vous rendre heureux, vous, alors je ne suis plus pauvre, ni insignifiante.

— Ce temps-là est fini, ma douce Kelda. Vous avez la première place dans ma vie, et tout ce que je possède est à vous. Vous serez heureuse à faire pâlir de jalousie vos anciennes compagnes et cette affreuse Mrs Gladwin elle-même !

— Yvette a été la seule à me donner un peu d'affection, pendant ces années terribles, vous savez ?

— Est-ce vrai ? En ce cas, nous lui souhaiterons beaucoup de bonheur et vous lui écrirez que je m'efforcerai d'aplanir leur retour en France, si cela peut vous contenter.

— Souvenez-vous que sans elle... je ne serais pas ici ! rappela Kelda.

— Je ne l'oublie pas, assura David. Mais il faut que vous le croyiez, vous êtes tout ce que je désirais, quand j'étais jeune et plein d'idéal !

— Et vous, il faut que vous le sachiez aussi... Je vous aurais aimé autant, de la même façon... si vous n'aviez pas eu de titre, ni d'argent, ni cette merveilleuse maison... Même si vous aviez été un homme obscur, je vous aurais aimé...

— Je veux le croire, mais parfois, vous aurez peut-être encore du mal, ma chérie, pour m'en convaincre tout à fait. Il ne faudra jamais vous décourager, puisque je vous aime.

Kelda le serra contre elle, comme si elle voulait s'assurer qu'il était réellement présent. Il affirma :

— Nous avons tout le temps nécessaire, devant nous, pour nous persuader l'un l'autre de la profondeur de notre amour. Moi, pendant que vous dormiez, j'ai dressé des plans.

— Quelle sorte de plans ?

— Des plans pour votre bonheur. Pour ce que je juge le mieux, destiné à la femme que j'adore.

— Dites-les-moi vite ! le pria-t-elle, un peu inquiète.

— Il n'y a rien qui puisse vous effrayer, chérie, dans mes nouveaux projets ! Au contraire ! J'ai pensé que nous pourrions, désormais, passer l'hiver à Dakar et regagner l'Angleterre chaque été.

— Oh !... Non !

— Si ! Je crois que c'est nécessaire. J'ai beaucoup négligé mes responsabilités, ces dernières années. Vous et moi devons revenir régulièrement dans notre pays natal. J'ouvrirai ma maison de Londres mais, surtout, et je suis certain que vous m'approuverez, nous vivrons dans le domaine que je possède, dans le Leicestershire. (Il déposa un baiser dans ses cheveux, avant d'ajouter :) Il vous plaira, j'en suis certain, vous y serez heureuse et vous aimerez les chevaux que j'ai l'intention d'acheter. J'ai, là-bas, les meilleurs terrains de chasse d'Angleterre.

Les difficultés sociales que de tels projets entraînaient effrayèrent d'abord Kelda. Elle fut sur le point de le supplier d'y renoncer. N'étaient-ils pas merveilleusement heureux, dans leur palais africain ?

Mais un instant de réflexion l'amena à changer d'avis. Son mari était encore un jeune homme. C'était une erreur, de sa part, de s'enfuir si loin de son héritage, des gens qui vivaient sur ses domaines et qui avaient besoin de lui. Il avait aussi des obligations à remplir, dans le comté où se trouvaient ses propriétés.

Elle eut l'impression que sa mère se penchait sur elle pour lui imposer le meilleur choix. Elle devait remplir tous ses devoirs. Elle se trouvait à un carrefour de sa vie, mais aussi de celle de son mari.

— Mon bien-aimé, partout où nous irons, je serai heureuse... pourvu que je sois avec vous. Je ferai ce que vous désirez, toujours, mais je vous en prie... il faudra m'aider souvent... Je ne veux pas commettre d'erreurs ou de fautes... qui vous feraient rougir de moi et peut-être regretter de m'avoir donné votre nom.

Elle sentit qu'il allait l'interrompre, aussi se dépêcha-t-elle d'ajouter :

— Vous savez quelle vie j'ai menée, ces huit dernières années. Depuis la mort de mes parents, j'ignore tout du monde. Je ne saurai pas, dans beaucoup de cas, ce que je dois dire... ce que je dois faire... Mais, si vous êtes près de moi, patient, prêt à m'apprendre ce que je dois savoir, alors, je n'aurai pas peur...

— Non, vous n'aurez plus jamais peur... Il faut que vous me pardonniez, chérie, de m'être conduit brutalement à votre égard, comme je l'ai fait plusieurs fois, je le crains. (Il se mit à rire :) Vous m'avez accusé d'un immense orgueil, le premier soir. Et, à présent, vous agissez comme si vous vouliez m'en inspirer !

— Non ! protesta Kelda. C'est très différent ! A ce moment-là, vos actes étaient inspirés par l'indifférence ou même la haine, n'est-ce pas ? A présent, c'est l'amour qui vous guide.

— Ma précieuse chérie, vous avez réponse à tout ! J'adore votre intelligence, mais j'aime tout de vous : votre visage, vos yeux, qui révèlent vos sentiments, vos lèvres et votre corps, qui m'appartiennent.

Il la caressait en parlant et elle se pressa dans ses bras.

— Comment vous dire à quel point je suis heureux ! murmura-t-il.

— Je voudrais tellement que jamais, jamais vous ne soyez fâché contre moi !

Il posa un baiser sur ses paupières tandis qu'elle ajoutait, pensive :

— C'est étrange, vous savez... Quand j'ai su que je vous aimais, j'ai souhaité que vous me donniez bonheur et sécurité... A présent, c'est moi qui désire vous apporter cela...

— Vous le faites, ma chérie. A présent seulement, je peux mesurer combien j'ai vécu des années misérables et solitaires, moi aussi. J'essayais de me persuader que je n'avais besoin de personne... Et puis, vous êtes venue, et j'ai découvert le vide de ma vie. J'ai sans doute gâché bien des années de ma jeunesse...

Incapable de supporter les regrets qu'il exprimait, Kelda affirma très vite :

— Non, vous vous trompez ! Songez à vos études africaines, au livre que vous avez écrit, et qui aidera les Européens à comprendre ce continent !

— Je voudrais vous croire...

— Je dis la vérité ! Un jour vos enfants seront fiers d'avoir un père tel que vous.

Kelda avait parlé sans réfléchir. Quand elle comprit ce qu'elle venait de suggérer, elle rougit et cacha sa confusion contre la poitrine de son mari.

— Mes enfants ! murmura-t-il. Voilà aussi ce qui manquait dans ma vie ! (Il l'obligea à le regarder :) Vous me donnerez un fils, ma bien-aimée ! J'aimerais qu'il naisse en Angleterre, dans la maison où je suis né. Je serai fier de penser que j'ai assuré mon avenir, non seulement avec un livre sur l'Afrique, mais aussi avec un fils, qui portera mon nom.

— Oui, j'aimerais vous donner un fils... et pas uniquement un fils, mais plusieurs...

— Et une fille aussi belle que vous !

— Si vous le voulez... Mais, je vous en prie, il ne faudra jamais l'aimer plus que moi !

— Je vous en demande autant ! s'exclama David en souriant avec tendresse. Vous êtes à moi, Kelda, entièrement à moi. Je crois que je serais jaloux même de mes propres enfants, s'ils retenaient trop votre attention !

— Soyez sans crainte à ce sujet. C'est si merveilleux pour moi, une orpheline... une enfant abandonnée, de savoir que j'appartiens à quelqu'un... que je suis enfin saine et sauve ! Je voudrais toujours rester ainsi, blottie dans vos bras...

— C'est ce que vous ferez, ma chérie. Je vous ai trouvée, alors que je n'osais pas même espérer votre existence et je ne vous laisserai pas vous éloigner de moi...

Il la regardait de tout près et elle vit dans ses yeux le feu du désir qui renaissait.

Il prit sa bouche, au moment où les flammes du soleil levant emplissaient la chambre de leurs reflets glorieux.

Alors, pressée sur son cœur, elle sut qu'ils partaient ensemble vers un paradis qui n'était qu'à eux.

Romans sentimentaux

Depuis les ouvrages de Delly, publiés au début du siècle, la littérature sentimentale a conquis un large public. Elle a pour auteur vedette chez J'ai lu la célèbre romancière anglaise Barbara Cartland, la Dame en rose, qui a écrit près de 300 romans du genre. À ses côtés, J'ai lu présente des auteurs spécialisés dans le roman historique, Anne et Serge Golon avec la série des Angélique, *Juliette Benzoni, des écrivains américains qui savent faire revivre toute la violence de leur pays (Kathleen Woodiwiss, Rosemary Rogers, Janet Dailey), ou des auteurs de récits contemporains qui mettent à nu le coeur et ses passions, tels que Theresa Charles ou Marie-Anne Desmarest.*

BENZONI Juliette
- **Marianne** 601 **** & 602 ****
- **Un aussi long chemin** 1872 ****
- **Le Gerfaut** 2206 ******
- **Un collier pour le diable** 2207 ******

BRISKIN Jacqueline
- **La croisée des destins** 2146 ******

CARTLAND Barbara
- **Les amours mexicaines** 1052 ***
- **La flamme d'amour** 1110 **
- **L'enchantement du désert** 1188 **
- **La première étreinte** 1189 **
- **Que notre bonheur dure** 1204 **
- **La belle et le léopard** 1215 **
- **Pour l'amour de Lucinda** 1227 **
- **Le mystère de la bruyère bleue** 1285 ***
- **La revanche de lord Ravenscar** 1321 **
- **Il ne nous reste que l'amour** 1347 **
- **Piège pour un marquis** 1699 **
- **La princesse en péril** 1762 **
- **Défi à l'amour** 1763 ****
- **Ola et le marquis** 1775 **
- **Un souhait d'amour** 1792 **
- **Indomptable Lorinda** 1793 **
- **L'amour et Lucie** 1806 **
- **Rencontre dans la nuit** 1807 **
- **La magie de la bohémienne** 1819 **
- **La revanche d'Anthéa** 1820 **
- **L'invitation au bonheur** 1842 **
- **L'amour est un songe** 1843 **
- **Splendeurs impériales** 1859 **

Serment d'amour 1860 ★★
L'amour à la barre 1870 ★★
Les colombes de l'amour 1871 ★★
Les violons de l'amour 1883 ★★
L'amour était au rendez-vous 1884 ★★
Un rossignol chantait 1898 ★★
Une passion inattendue 1899 ★★
Thérésa et le tigre 1912 ★★
Pour l'amour d'un roi 1913 ★★
Un coeur caché 1929 ★★★
Deux coeurs au gré des flots 1930 ★★
Une source de bonheur 1941 ★★
Le comte prodigue 1942 ★★
Un amour au clair de lune 1954 ★★
Quand l'amour s'éveille 1955 ★★
La brûlure de la passion 1974 ★★
Un amour en danger 1975 ★★
La force d'une passion 1990 ★★
La princesse oubliée 1991 ★★
La revanche du coeur 2005 ★★
Un mariage imprévu 2006 ★★
La puissance d'un amour 2030 ★★
L'amour en offrande 2031 ★★
Les mirages de l'amour 2040 ★★
Idylle à Calcutta 2049 ★★
Un amour étoilé 2067 ★★
Prise au piège 2082 ★★
Miracle pour une madone 2100 ★★
Un mari chevaleresque 2114 ★★
Une épouse particulière 2115 ★★
L'amour retrouvé 2130 ★★
Au coeur du péril 2131 ★★
Fiancée à un brigand 2144 ★★
Un amour conquérant 2145 ★★
L'ange et Lucifer 2159 ★★
La danse de l'amour 2160 ★★
L'amour enflammé 2173 ★★
Un amour sans fortune 2174 ★★
Le sable brûlant d'Hawaï 2188 ★★
L'amour comme un espoir 2189 ★★
Le baiser devant le Sphinx 2217 ★★
Pour l'amour d'un marquis 2218 ★★

CARTLAND (suite)	***Un éternel enchantement*** *2230* **
	Le choix du prince *2242* **
	Loin de l'amour *2243* **
	Le lord et la demoiselle *2256* ** *(oct.87)*
	Le secret de l'Écossais *2257* ** *(oct.87)*
	La victoire de l'amour *2271* ** *(nov.87)*
	Un coeur trop pur *2272* ** *(nov.87)*
	Qui peut nier l'amour ? *2285* ** *(déc.87)*
	La gondole d'or *2286* ** *(déc.87)*
CHARLES Theresa	***Le chirurgien de Saint-Chad*** *873* ***
	Inez, infirmière de Saint-Chad *874* ***
	Rosamond *1795* ****
	Thea *1873* ****
COOKSON Catherine	***L'orpheline*** *1886* *****
	La fille sans nom *1992* ****
	L'homme qui pleurait *2048* ****
	Le mariage de Tilly *2219* ****
	Le destin de Tilly Trotter *2273* *** *(nov.87)*
COSCARELLI Kate	***Destins de femmes*** *2039* ****
DAILEY Janet	***Le solitaire*** *1580* ****
	La Texane *1777* ****
	Le mal-aimé *1900* ****
	Les ailes d'argent *2258* ***** *(oct.87)*
	La saga des Calder :
	- Le ranch Calder *2029* ****
	- Prisonniers du bonheur *2101* ****
	- Le dernier des Calder *2161* ****
DESMAREST Marie-Anne	***Torrents*** *970* ***
GOLON Anne et Serge	***Angélique, marquise des Anges*** *667* *** *& 668* ***
	Indomptable Angélique *673* *** *& 674* ***
	Angélique à Québec *1410* ****, *1411* **** *& 1412* ****
	Angélique : la route de l'espoir *1914* **** *& 1915* ****
HOLT Victoria	***La lande sans étoiles*** *2007* ****
LAKER Rosalind	***Reflets d'amour*** *2129* ****
	La femme de Brighton *2190* ****
LINDSEY Johanna	***Le vent sauvage*** *2241* ***
MATTHEWS Patricia	***Le défi de Serena*** *1821* ****
	Danser ses rêves *1901* ****
	L'éveil de l'aube *2081* ****
	L'écume des passions *2116* ****

MICHAEL Judith	Prête-moi ta vie	1844 **** & 1845 ****
MONSIGNY Jacqueline	Michigan Mélodie (Un mariage à la carte)	1289 **
	L'amour dingue	1833 ***
	Le palais du désert	1885 **
PEARSON Michael	La fortune des Kingston	1628 **** & 1629 ****
ROGERS Rosemary	Au vent des passions	1668 ****
	La femme impudique	2069 ****
STEEL Danielle	Leur promesse	1075 ***
	Un monde de rêve	1733 ***
	Palomino	2070 ***
	Souvenirs d'amour	2175 *****
	Maintenant et pour toujours	2240 ******
WOODIWISS Kathleen E.	Une rose en hiver	1816 *****

Littérature

extrait du catalogue

Cette collection est d'abord marquée par sa diversité : classiques, grands romans contemporains ou même des livres d'auteurs réputés plus difficiles, comme Borges, Soupault, Goes. En fait, c'est tout le roman *qui est proposé ici, Henri Troyat, Bernard Clavel, Guy des Cars, Alain Robbe-Grillet, mais aussi des écrivains tels que Moravia, Colleen McCullough ou Konsalik.*

Les classiques tels que Stendhal, Maupassant, Flaubert, Zola, Balzac, etc. sont publiés en texte intégral au prix le plus bas de toute l'édition. Chaque volume est complété par un cahier photos illustrant la biographie de l'auteur.

ADAMS Richard	**Les garennes de Watership Down** 2078 ******
ADLER Philippe	**C'est peut-être ça l'amour** 2284 *** (déc. 87)
AKÉ LOBA	**Kocumbo, l'étudiant noir** 1511 ***
AMADOU Jean	**Heureux les convaincus** 2110 ***
ANDREWS Virginia C.	Fleurs captives :
	- Fleurs captives 1165 ****
	- Pétales au vent 1237 ****
	- Bouquet d'épines 1350 ****
	- Les racines du passé 1818 ****
	Ma douce Audrina 1578 ****
APOLLINAIRE Guillaume	**Les onze mille verges** 704 *
	Les exploits d'un jeune don Juan 875 *
AUEL Jean-M.	**Les chasseurs de mammouths** 2213 ***** & 2214 *****
AVRIL Nicole	**Monsieur de Lyon** 1049 ***
	La disgrâce 1344 ***
	Jeanne 1879 ***
	L'été de la Saint-Valentin 2038 **
	La première alliance 2168 ***
BACH Richard	**Jonathan Livingston le goéland** 1562 * illustré
	Illusions 2111 **
	Un pont sur l'infini 2270 **** (nov.87)
BALZAC Honoré de	**Le père Goriot** 1988 **
BARBER Noël	**Tanamera** 1804 **** & 1805 ****
BATS JOËL	**Gardien de ma vie** 2238 ***
BAUDELAIRE Charles	**Les Fleurs du mal** 1939 **
BEAULIEU PRESLEY Priscillia	**Elvis et moi** 2157 ****

BENZONI Juliette	Marianne 601 **** & 602 ****
	Un aussi long chemin 1872 ****
	Le Gerfaut 2206 ******
	Un collier pour le diable 2207 ******
BLOND Georges	Moi, Laffite, dernier roi des flibustiers 2096 ****
BOLT Robert	Mission 2092 ***
BORGES & BIOY CASARES	Nouveaux contes de Bustos Domecq 1908 ***
BOVE Emmanuel	Mes amis 1973 ***
BOYD William	La croix et la bannière 2139 ****
BRADFORD Sarah	Grace 2002 ****
BREILLAT Catherine	Police 2021 ***
BRISKIN Jacqueline	Paloverde 1259 **** & 1260 ****
	Les sentiers de l'aube 1399 **** & 1400 ****
BROCHIER Jean-Jacques	Odette Genonceau 1111 *
	Villa Marguerite 1556 **
	Un cauchemar 2046 **
BURON Nicole de	Vas-y maman 1031 **
	Dix-jours-de-rêve 1481 ***
	Qui c'est, ce garçon ? 2043 ***
CALDWELL Erskine	Le bâtard 1757 **
CARS Guy des	La brute 47 ***
	Le château de la juive 97 ****
	La tricheuse 125 ***
	L'impure 173 ****
	La corruptrice 229 ***
	La demoiselle d'Opéra 246 ***
	Les filles de joie 265 ***
	La dame du cirque 295 **
	Cette étrange tendresse 303 ***
	La cathédrale de haine 322 ***
	L'officier sans nom 331 **
	Les sept femmes 347 ****
	La maudite 361 ***
	L'habitude d'amour 376 **
	Le Grand Monde 447 **** & 448 ****
	La révoltée 492 ****
	Amour de ma vie 516 ***
	Le faussaire 548 ****
	La vipère 615 ****
	L'entremetteuse 639 ****
	Une certaine dame 696 ****
	L'insolence de sa beauté 736 ***
	L'amour s'en va-t-en guerre 765 **

	Le donneur 809 ★★
	J'ose 858 ★★
	De cape et de plume 926 ★★★ & 927 ★★★
	Le mage et le pendule 990 ★
	Le mage et les lignes de la main... et la bonne aventure... et la graphologie 1094 ★★★★
	La justicière 1163 ★★
	La vie secrète de Dorothée Gindt 1236 ★★
	La femme qui en savait trop 1293 ★★
	Le château du clown 1357 ★★★★
	La femme sans frontières 1518 ★★★
	Le boulevard des illusions 1710 ★★★
	Les reines de coeur 1783 ★★★
	La coupable 1880 ★★★
	L'envoûteuse 2016 ★★★★★
	Le faiseur de morts 2063 ★★★
	Sang d'Afrique 2291 ★★★★★
	La vengeresse 2253 ★★★
CARS Jean des	*Sleeping Story* 832 ★★★★
	Louis II de Bavière 1633 ★★★
	Elisabeth d'Autriche (Sissi) 1692 ★★★★
CASTELOT André	*Les battements de coeur de l'Histoire* 1620 ★★★★
	Belles et tragiques amours de l'Histoire 1956 ★★★★ & 1957 ★★★★
CASTRIES duc de	*Madame de Récamier* 1835 ★★★★
CATO Nancy	*L'Australienne* 1969 ★★★★ & 1970 ★★★★
	Les étoiles du Pacifique 2183 ★★★★ & 2184 ★★★★
CESBRON Gilbert	*Chiens perdus sans collier* 6 ★★
	C'est Mozart qu'on assassine 379 ★★★
CHASTENET Geneviève	*Marie-Louise* 2024 ★★★★★
CHAVELET É. & DANNE J. de	*Avenue Foch* 1949 ★★★
CHEDID Andrée	*La maison sans racines* 2065 ★★
CHOW CHING LIE	*Le palanquin des larmes* 859 ★★★
	Concerto du fleuve Jaune 1202 ★★★
CLANCIER Georges-Emmanuel	Le pain noir :
	1- Le pain noir 651 ★★★
	2- La fabrique du roi 652 ★★★
	3- Les drapeaux de la ville 653 ★★★★
	4- La dernière saison 654 ★★★★
CLAUDE Madame	*Le meilleur c'est l'autre* 2170 ★★★

Littérature

CLAVEL Bernard	**Lettre à un képi blanc** 100 *
	Le tonnerre de Dieu 290 *
	Le voyage du père 300 *
	L'Espagnol 309 ****
	Malataverne 324 *
	L'hercule sur la place 333 ***
	Le tambour du bief 457 **
	Le massacre des innocents 474 *
	L'espion aux yeux verts 499 ***
	La grande patience :
	1- La maison des autres 522 ****
	2- Celui qui voulait voir la mer 523 ****
	3- Le coeur des vivants 524 ****
	4- Les fruits de l'hiver 525 ****
	Le Seigneur du Fleuve 590 ***
	Victoire au Mans 611 **
	Pirates du Rhône 658 **
	Le silence des armes 742 ***
	Tiennot 1099 **
	La bourrelle - L'Iroquoise 1164 **
	Les colonnes du ciel :
	1- La saison des loups 1235 ***
	2- La lumière du lac 1306 ****
	3- La femme de guerre 1356 ***
	4- Marie Bon Pain 1422 ***
	5- Compagnons du Nouveau Monde 1503 ***
	L'homme du Labrador 1566 **
	Terres de mémoire 1729 **
	Bernard Clavel, qui êtes-vous ? 1895 **
	Harricana 2153 ****
CLERC Michel	**Les hommes mariés** 2141 ***
COCTEAU Jean	**Orphée** 2172 **
COLETTE	**Le blé en herbe** 2 *
COLLINS Jackie	**Les dessous de Hollywood** 2234 **** & 2235 ****
CORMAN Avery	**Kramer contre Kramer** 1044 ***
DANA Jacqueline	**L'été du diable** 2064 ***
DARLAN Eva	**Le Journal d'une chic fille** 2211 ***
DAUDET Alphonse	**Tartarin de Tarascon** 34 *
	Lettres de mon moulin 844 *
DAVENAT Colette	**Les émigrés du roi** 2227 ******
DEFLANDRE Bernard	**La soupe aux doryphores** 2185 ****
DHÔTEL André	**Le pays où l'on n'arrive jamais** 61 **

DIDEROT	***Jacques le fataliste*** 2023 ***
DJIAN Philippe	***37°2 le matin*** 1951 ****
	Bleu comme l'enfer 1971 ****
	Zone érogène 2062 ****
	Maudit manège 2167 *****
DORIN Françoise	***Les lits à une place*** 1369 ****
	Les miroirs truqués 1519 ****
	Les jupes-culottes 1893 ****
DOS PASSOS John	***Les trois femmes de Jed Morris*** 1867 ****
DUMAS Alexandre	***La dame de Monsoreau*** 1841 *****
DUTOURD Jean	***Henri ou l'éducation nationale*** 1679 ***
DYE Dale A.	***Platoon*** 2201 ***
DZAGOYAN René	***Le système Aristote*** 1817 ****
EGAN Robert & Louise	***La petite boutique des horreurs*** 2202 *** illustré
EXBRAYAT Charles	***Le Château vert*** 2125 ****
FEUILLÈRE Edwige	***Moi, la Clairon*** 1802 **
FLAUBERT Gustave	***Madame Bovary*** 103 ***
FRANCOS Ania	***Sauve-toi, Lola !*** 1678 ****
FRISON-ROCHE	***La peau de bison*** 715 **
	La vallée sans hommes 775 ***
	Carnets sahariens 866 ***
	Premier de cordée 936 ***
	La grande crevasse 951 ***
	Retour à la montagne 960 ***
	La piste oubliée 1054 ***
	La Montagne aux Écritures 1064 ***
	Le rendez-vous d'Essendilène 1078 ***
	Le rapt 1181 ****
	Djebel Amour 1225 ****
	La dernière migration 1243 ****
	Peuples chasseurs de l'Arctique 1327 ****
	Les montagnards de la nuit 1442 ****
	Le versant du soleil 1451 **** & 1452 ****
	Nahanni 1579 ***
	L'esclave de Dieu 2236 ******
GALLO Max	*La baie des Anges :*
	1- La baie des Anges 860 ****
	2- Le palais des Fêtes 861 ****
	3- La promenade des Anglais 862 ****
GEDGE Pauline	***La dame du Nil*** 1223 *** & 1224 ***
	Les seigneurs de la lande 1345 **** & 1346 ****
	Les Enfants du Soleil 2182 *****

2256
★★

Impression Brodard et Taupin à La Flèche (Sarthe)
le 9 septembre 1987
6760-5 Dépôt légal septembre 1987. ISBN 2-277-22256-9
Imprimé en France

Editions J'ai lu
27, rue Cassette, 75006 Paris
diffusion France et étranger : Flammarion